縈　繞　虛　實　的　牽　絆

千藤紫

夏暖

平凡又不起眼的學生，
面對人際關係總覺無力及恐懼。
束馬尾的裝扮本來單純地為了配合學校的儀容守則，
但卻意外地吸引上男主角？

風鈴
夏暖在「虛擬相連」遊戲中認識的玩家，
遊戲角色是魔法師，一直很照顧和關心夏暖，
但似乎隱藏著不少的祕密，
到底她的真正身分是……
虛擬相連

【名家推薦】

我說，我們這代人與上一輩人最大的不同，在於我們很多人會有兩重的人生。古人我想到只有包公「日審陽；夜判陰」，也就是日間他在衙門審案，晚上到地府當判官，但嚴格來說他都在做同一工作。

我們卻不同。日間我們可能是學生、工人，是個孩子或媽媽，是個丈夫或老闆，但在其他的時間我們在網絡世界有著另一個身分，有另一堆的社交生活，過著截然不同的人生。在網絡世界裏，我們可能是中世紀的劍士，也可能是擁有高科技武器的特種軍人，甚或是江湖裏的修仙奇俠……

沒經歷過這種「雙重人生」的上一代，很容易覺得這是偽命題。他們會說，從來只有一重人生，網絡世界的人生是依附著現實的人生而存在。試問沒有了打工的自己，哪裏還有虛擬世界的自己？從物質的觀點來看，的確如此。

但是這又涉及到另一個問題，也就是生命的主次之分。我們其實也可以反過來問一個有「雙重人生」的人：假如讓你可以抹掉自己的人生一部分，你會想抹掉打工的自己？還是抹掉網絡上的自己？又或者我換另一個問法：你覺得工作和線上遊戲，哪個更浪費自己的時間和生命？

沒錯，其實這也是個偽命題。因為如果你是個覺得留連網絡世界是浪費生命的現實主義者，你應該一早就終止了這一部分的生活。於是我們發現了一件事，就是我們為甚麼會發展自己的第二人生？很大程度因為我們對於上天給予我們的第一人生並不滿意。不滿意的原因可以有很多，例如我聽過其中一個是現實生活裏努力並不保證有回報，但在虛擬世界雖然回報不一定成正比，但努力去練，上流階梯分明，投入去練功打怪的時間總不會完全無回報。總之，因為種種原因，有些人開始覺得自己的第二重人生比起現實更吸引、更真實和更重要。現實的打工反而是為了成就第二人生而存在。

《虛擬相連》探討的正是這個主題。故事裏提到「相連人」這個概念，就是講述當一個人對自己第一人生沒有依戀時，他就會變成活在網絡世界，肉身則呈假死狀態。意識被困在遊戲世界無法逃出這概念在《刀劍神域》也曾出現，但千藤紫的《虛擬相連》並沒把重點放在虛擬世界，而是在現實中人與人的關係。小說裏對遊戲世界的著墨較少，大部分時間都是關於日常人際關係會遇到的問題，以及描述一眾角色的內心世界。因為這個故事是關於一個高敏感度的內向者怎樣與人建立關係。

與千藤紫其他的故事一樣，這個故事裏面亦有很多的「謎」。其中包括到底網上遊戲的每個人，是在主角身邊現實世界中的哪些人？為甚麼他們會對主角有某些反應？主角為甚麼會有這種性格和心態？她之前經歷過甚麼事情？這些都有待你去發掘。

誠意推薦，給認為世界充滿挫折，沒有事物值得依戀，但其實又心有不甘，不想放棄自己的你閱讀。

——葉思定（第一屆「明日獵星」輕小說大賞得主，

著有《我的門派哪有這麼搞笑？》）

人生的成長，往往獲得某些元素，亦會拋棄某些元素。如果不能與他人正常相處，學會順應場合，不善交際應酬，那末根本就無法適應在社會中生存。

千藤紫老師在本作中，用一款名為「虛擬相連」的遊戲，連繫起現實中一對同班的男女主角。世事總是玄妙無窮，那怕是現實中碰面的同班學生，卻互不認識；反而玩家者眾的線上遊戲，偏生遭逢偶遇。諸如此類的例子，往往有不少人找到實際中相近的經驗，屢見不鮮。

然而無論是線上抑或是線下，只要有人聚在一起，自然形成社會，同樣有各種章法規則，還是無法逃避「人」的問題。如果無法與人建立聯繫，那末在虛擬的遊戲世界中，亦不能活得愉快。逃避也是辦法，但問題依然存在。故事中相連人的悲劇，正正是誕生自天地無處容身的彷徨情感。

試問人生有幾多度青春？青春如果可以衡量，它的成本一定很高。只有一次，供不起我們任性。所以每個人都想享受那短暫的盛宴，總會讓年華沉醉於浪漫中。如果有憾，那麼就想辦法彌補，勇敢跨出去，別留下遺憾。

莊周曉夢迷蝴蝶　粉翅依風睹聖人

借問誰家今作主　疏帘捲起自更新

閱畢本作之後，於餘味後再三細嚼，能夠身體力行，從今天起作出改變，亦算是成就一項奇蹟。

——有馬二（推理小說作家，著有《洄迴之魔女》）

有些故事夠響亮，適合跟剛認識的朋友打開話夾子；有些故事格調高，適合在浪漫的咖啡店，配著提神的苦澀品味；也有些更私密的故事，只適合一個人在獨居的出租公寓裏，邊聽曲單裏的老歌邊讀著傻笑。

我想，這就是一本勾動許多「第一次」的故事。會讓人想起第一次苦思了一個性格網名，第一次跟網友筆戰，第一次煩惱著要不要網聚等等，或青澀，或悶騷，種種回憶的故事。

主角很彆扭。就像當年玩《RO仙境傳說》在網咖看到隔壁大叔玩著滿身神裝女祭司邊打「老公」，然後看看自己，一個人刷哥布林卡片的虛空酸澀感。多年後回頭看，不懂自己當年在固執甚麼，也早忘了自己當年在酸澀甚麼。

直到讀起這本小說，才恍惚想起來，好像當年也有過類似一回事。

——筆尖的軌跡（曾獲「角川華文輕小說大賞」和「尖端原創小說大賞」，著有《隨憶鑒古堂》、《魔王的生命是用來消耗勇者的存檔次數嗎？》、《忘卻的愛麗絲》。）

「鍵盤輕小說研究社」成員推薦

記得是在二〇一三年的秋末，幾位對業界一無所知的年輕人靠著熱血和理想、用免費的系統成立了華文小說創作論壇、彼此交換作品心得。隨著人數增長，論壇漸漸有了可觀的流量，甚至能夠配合徵稿賽事舉行匿名互評活動……感謝老師長期以來不遺餘力的協助，讓我隨著現實逐漸冷卻的熱血再次沸騰了起來。（Caloid Chang）

真的很替老師感到開心，老師對小說的點評總是很認真細心，這性格也體現在了他的文章上，雖然我已經轉換了人生的跑道，但聽到曾在寫作上互相交流的朋友迎來出版的一天，感覺就像自己的事一樣開心。（sing129）

緣分真是不可思議，不論是老師的小說或我所經營的studio e'kis，很高興我們都能以不同的方式創作著。本次作品也一樣充滿驚喜，老師多變的寫作風格實在令人欽佩，也很榮幸有這機會讓我正式恭喜您出版順利。（Yui）

網路遊戲是現代小孩子的新天地，也是度過另一種青春期的地方。有人說在虛擬的世界中，人才能變得真實，有別於現實世界，在這裏能做到做不到的事情，能說出不能對熟人說的事情。對某些人來說，遊戲是他們的避風港，對素未謀面的人，他們能說能笑，但在家人跟朋友面前，卻相當諷刺。本書正是在虛擬與現實中穿梭，來找回屬於自己的羈絆。最後，恭喜作者出書。（aaacoy）

CONTENTS

序章：虛擬與眞實

「為甚麼以前我一點都察覺不到呢？這個世界，其實並沒我想像中的壞……」

虛擬的遊戲世界內，眼前的景物彷彿罩上了重重陰霾。

分不清現在是白天還是黑夜。

以歐洲中世紀建築風格建立的城鎮，是整個遊戲版圖的中心，收集情報、承接重要任務或搜集稀有物資，主要都在這個中央城鎮內進行。城鎮邊緣的森林前地是通往各個戰場關卡的快捷通道，因此是所有冒險團隊出發闖關的常用集合點，也是結交新夥伴的好地方。玩家亦可以自行組織公會招收同伴，一同組隊出征參與任務。還有聚集遊戲玩家聯誼的個人城堡，方便沒有足夠時間闖關的玩家閒聊或交易物資。

雖然只是個虛擬的遊戲世界，但對於夏暖來說，這個世界實在為她帶來太多太寶貴的回憶。

回憶起大家同心一氣的意志，感受到彼此建立的緊密羈絆。

【風鈴：唯缺，後援就交給妳了！】

在遊戲世界內，向她發出文字信息的是一同組隊的玩家「風鈴」，角色職業是「魔法師」。

「唯缺」是夏暖的遊戲角色名字，職業是「牧師」。

【唯缺：我會盡力的。】這次承接的任務以她們角色的等級來說，敵情是越級挑戰，預料會是一場苦戰。

【紫千：放心，我相信唯缺妳一定能做得到的。】回應的是對夏暖毫無情由地表示信任的「紫千」，角色職業是「劍客」。

在遊戲中承接任務闖關，隊員需要齊心協力在指定時間內完成任務。最常見的任務是擊敗守關頭目，偶然還要滿足其他特定條件。任務標示了建議的角色等級水平供玩家參考決定是否闖關，以夏暖一行人目前出戰的關卡，明顯不是他們這個等級足以應付。出色的玩家固然可以憑藉技術稍微彌補等級差異，但夏暖心知自己不是這塊料。始作俑者是紫千這個不把成敗得失放在眼內的樂天派，而夏暖最信任的風鈴又一貫隨和地一口答應，害她想要拒絕也開不了口。

既安之則安之，反正只不過是網上遊戲，就算落敗了損失的亦只不過是時間。

闖關過程中，身為牧師的夏暖主要職責是向隊員補充血量和魔力值，觀察戰鬥局勢發展和敵人分佈，讓主力進攻的隊員免除後顧之憂。大部分遊戲玩家都偏愛使用劍客或騎士一類的攻擊型角色，一路衝鋒陷陣殺敵才刺激，而牧師則是毫不起眼的支援角色，選用的玩家較少。

夏暖是個例外，她內心認為牧師的角色暗合她的個性。就算在現實世界中，她也常自嘲自己只是群體中一個不起眼的配角。

遊戲玩家的組隊原則簡單來說就是互補不足，除了劍客、魔法師這類攻擊主力，亦必須具有像牧師這類的支援角色。尤其是面對強大的敵人時，團隊任務往往是持久戰，假如缺了牧師從後支援，攻擊主力很快便會敗亡。牧師特點雖然是攻守皆弱，但一旦身亡，幾乎會禍連團隊落敗。

通關過程中，夏暖一直守在團隊後方，適時為前方的同伴補充血量，順道斬殺一些等級低的小嘍囉。始終自己的角色攻擊力不高，與等級高的怪物對敵形同自滅。

【風鈴：頭目就在眼前了，大家小心！】

風鈴提醒眾人。

夏暖先替所有隊員補充血量和魔力值至滿點，而在開戰後只要安守本分，留在戰線後方支援受創的隊員就行了。

可是，戰況確是比想像中還要嚴峻。

守關頭目不止攻擊力強，攻擊範圍亦廣，每次放招往往能讓多名隊員受害，讓負責療傷的夏暖忙得不可開交。

「大家儘可能分散，避免受廣範圍攻擊波及！」紫千高聲提醒眾人。

正式戰鬥開始之後，玩家通常沒有餘裕分神輸入文字信息，所以會使用團隊共通的語音頻道直接對話。

「不行，頭目懂得自行療傷，分散攻擊只會沒完沒了！」擔任隊長的玩家Caloid則嚷。

待在後方的夏暖早就留意到了，頭目在一連串攻擊過後，偶然會迅速逃逸到戰區角落，進入靜止狀態並回復血量。靜止時間愈長，回復血量亦愈多。劍客等攻擊型角色行走速度稍遜，待趕至頭目位置繼續攻擊時，頭目已有足夠時間歇息。

雙方攻守交錯，漸漸陷入膠著。

【風鈴：唯缺，留神後方！】

風鈴過去從來不用語音通訊，就算是對敵中也只會使用文字信息。

碰巧頭目正高速掠過自己的角色，還幸沒有對她展開攻擊，否則牧師捱上一記必定身亡。

由於自己本來就身處戰線後方，而頭目剛好逃跑至的戰區角落，正與自己距離不遠。

如果是一般情況，夏暖一定會立即操作角色遠離頭目，避免受攻擊波及。保命是牧師角色的本能，除了保護同伴之外，也包括自己。

過去夏暖玩遊戲時一向很沉默，就算開啟了語音通訊也很少發言。但當下夏暖忽地冒起一個念頭，急不及待的嚷：「風鈴、紫千，趕快過來！」

紫千隨即嚷：「甚麼事？」

【風鈴：妳想做甚麼？】

夏暖已沒空回應提問，靈巧地操控角色，殺至頭目跟前。

只要有玩家對頭目作出攻擊，頭目便無法靜止回復血量。憑牧師的角色速度，與頭目與自己相距的距離，夏暖判斷自己趕得及。

以卵擊石的攻擊。

頭目一旦受襲便會停止回復血量，重新回到攻擊狀態。

首當其衝的，當然是在待在眼前的弱小牧師。

夏暖沒有逃。

無謂浪費時間逃避，因為她判斷以頭目的攻擊範圍和速度，就算想逃也是徒然。夏暖選擇把握最後一秒時間，回頭替正趕來的隊友注滿血量和魔力值。

在自己的角色血量降至零的一刻，其他隊友亦已趕至，對頭目展開新一輪攻擊。

去吧！夏暖內心默默唸。

結果正如夏暖所料，頭目失卻今次靜止回復血量的機會，撐不過隊友一連串的攻擊被消滅。

任務完成。

中途身亡脫隊的夏暖沒法分到頭目被滅後掉下的寶物，雖然這種事她不太在意就是了。

闖關結束後，風鈴卻傳來責難一樣的信息。

【風鈴：唯缺，妳怎麼可以作出這種無謀的舉動呢？】

【唯缺：最後你們打贏了啊，那就行了啦。】

夏暖解釋。

紫千看來有點生氣，續用語音通訊吼：「讓同伴當擋箭牌喪命而取得勝利有甚麼意義啊！妳根本就是笨蛋吧！」

另一個隊員sing129則笑說：「還真是孤注一擲呢，如果打不贏我們就肯定全滅了。」

如果這一波攻擊無法取勝，缺了牧師的團隊在失卻後援的情況亦難逃敗退命運。

【唯缺：對啊，所以你應該讚賞我的膽色才對。】

「妳只是走運吧？就算是遊戲妳也不應該有這種置自身不顧的想法！」紫千固執的說。

【風鈴：好了好了，事情反正已過去了。】

風鈴為他們打圓場。

「風鈴妳也該唸唸她，總是不懂愛惜自己怎麼行呢？」紫千顯然還是很介懷。

【唯缺：遊戲角色就算死了也可以原地復活嘛。】

「一直抱著這樣的思考習慣，叫人怎樣不操心。」

【唯缺：有甚麼好操心的。】

夏暖沒勁地回應。

【風鈴：紫千雖然是囉嗦，但也是出於關心。】

風鈴則總是替紫千說好話。

我當然知道紫千很關心我，只不過有時略嫌嘮叨而已。而且，我也只不過是在做我自己想做的事情。看上去是衝動無謀，但我確有自己的考慮和判斷才作出這樣的決定。

夏暖這樣想，並無回應兩人的對話。

風鈴又發來信息。

【風鈴：總之妳要記著，我們都很愛惜妳，亦希望妳能像我們一樣愛惜妳自己。】

在夏暖的回憶中，滿滿都是風鈴貼心又溫暖的叮囑。

夏暖曾經以為，只要有風鈴和紫千兩人一直陪伴自己，便能擺脫過去的束縛，勇敢踏出新的腳步。

自己還是太天真了。

沒法撫平的傷口，不論過了多久，一旦觸碰還是會淌血。

為甚麼自己偏會回想起這件事呢？按理自己與紫千、與風鈴，還有「虛擬相連」，該還有更多更深刻的回憶才對。

不過，這一切大概都已經不重要了。

那些曾經熟悉無比的風景，如今正隨著那重逐漸蔓延的漆黑蓋掩。

就連記憶也像沙上刻字般正一點一點地隨風消逝。

思緒漸漸變得迷糊。

好無聊，好想睡，好想拋低一切煩惱的苦痛的，就這樣消失掉。

這個，難道就是過去一直所聽說的——「那個狀態」？

自己也會變成那樣吧？困在這個虛擬的遊戲世界內，殘留單薄的記憶，半生不死地苟活，最終慢慢消逝，被世界遺忘。

「暖……」

儘管眼前空無一物，但那柔和輕軟的聲音還是有如穿透黑暗的光線般傳到她耳邊，彷彿在向她耳畔輕語。

「妳不也察覺到世界還有很多美好和值得懷緬的地方嗎？只要妳願意相信，這世界便會漸漸變得有趣的了。」

是風鈴在叫喚自己。

並不是過往遊戲中的信息欄所顯示的文字信息，而是一把實實在在的聲音。這一定是幻覺——夏暖從沒聽過風鈴真正的聲音，只是當下這一刻聽見了便斷定是她，大概是腦海自行於記憶湊合他人的聲音而成。

那是一把和自己有點相似的聲音，只是更溫柔，語氣卻更堅定。

「唯缺，」又有另一把聲音在喊她。「不論是在虛擬世界，還是在我們身處的現實，妳的快樂與失落，都至少還有我——紫千，一直在守護妳。」

風鈴、紫千……

這一段日子以來，就是這兩人一直支持、鼓勵著自己。

在這時候能聽見兩人的聲音，肯定是自己的幻覺，那不過是心底泛起的記憶把從前曾聽過的話在腦海中重播罷了。在夏暖悲苦傷痛失意落寞的時候，兩人就像救生索一般，把她從懸崖谷底拯救出來。他們的心聲，確實在自己心中存在著。

只要想起兩人對自己的好，夏暖內心總是洋溢著難以言喻的暖意。身邊還有人對自己這麼好，自己應該是很幸福的，對吧？假如自己還是如此不中用，只懂自怨自艾，不振作起來的話，不就太對不起兩人的恩情嗎？

是啊，是這樣啊……

換了是一般的勵志故事的話，百分之一百是這樣的劇情發展。

風鈴，對不起。

紫千，對不起。

我，夏暖還是不配當上這種賺人熱淚的故事主角。

愈是接受你們的好意，我便愈覺虧欠你們太多。

無法償還，也無從報答。

每一次想要發憤圖強，最終也是徒勞無功。

想要改變，卻無力改變。

每一次對自己的承諾，只隨分秒時日隕落。

你們愈是安慰我、愈是鼓勵我，在我看來只是不斷地不斷地重複訴說我的失敗。

但你們還是沒有放棄，還是一如既往地待我好。

讓我無時無刻都覺幸福。

卻讓我無時無刻都在愧疚。

溫柔和善意去到極限，只會演化成傷害。

預支了太多不應該屬於自己的幸福，這種美夢終有天會爆破的。

我還是不配獲得幸福才對。

這才是真正屬於我的真實。

真實的我就是這樣。

壞掉的不是這個世界，而是我。

只是我一直不願意承認，一直把責任推搪給這個世界而已。

「虛擬相連」。

這真是個好名字。

全然放棄世界的我，選擇逃避到虛擬的遊戲世界，甘願與之相連，實在是再匹配不過的事。

閉上眼睛，放空意識，與這一片虛擬，相連起來。

「暖！」

有人高喊著我的名字。

是很實在的叫喊，就像有人於耳際高聲呼喚我一樣。

夠了，還沒放棄嗎……你們究竟固執到甚麼的一個地步？難道我放棄自己的事也會妨礙到你們嗎？我就是這樣無可救藥的了，你們再心痛也好再努力也好，是改變不了就是改變不了，這個世界有很多事情就是不論你付出多少代價費盡幾多心思也無法取得成果的。

不需要強求，也不必妄想拯救我。

「不對啊，暖。」

語調柔弱，態度卻全盤否定的不容反駁，那把熟悉的低沉聲音像是讀懂夏暖內心的不滿般說。

「我們從來沒有要改變暖的想法。」

除了那人，背後好像還有更多更多的人。

「沒錯，妳就是妳，暖根本毋須改變！」

「我們認識的暖，本來就是這樣的。」

「暖就只管維持現狀就好了。」

還有那觸感，那掌心的溫暖，夏暖知道這並不是幻覺。

那人就像昔日那樣，輕輕撫著她的髮際，在她耳邊喁喁輕語。

「世界還沒有放棄妳，妳也不見得要這麼早放棄這個世界。與虛擬相連，並不是妳真心的願望……」那無可否定的口吻，宛如穿透她內心的一絲光線。「妳真正渴望相連的，是妳處身的現實世界，不是嗎？」

第一章：信任與懷疑

虛擬的遊戲世界內，夏暖熟練地操作著她所塑造的遊戲角色「唯缺」，職業是牧師，在團隊中擔任支援角色。牧師並不是一種受玩家歡迎選用的角色，喜歡勇往直前殺敵的男生大多會選劍客或騎士，女生則喜歡形象可愛的魔法師。儘管優秀的牧師玩家能夠充當團隊戰中指揮和出謀獻策的重要角色，但夏暖自問沒那麼能幹，與其他玩家組隊時往往只會默默做好基本責任。

最初加入這個名為「虛擬相連」的遊戲時，她原意是塑造一個外表可愛的魔法師，畢竟這樣會較受歡迎，受邀請組隊的機會也更多。說白了，這是為了讓自己不致孤單一個，她無法否認自己把平日害怕與絕望的心情帶進遊戲裏。但到了最後，她還是選擇了看起來死板又不起眼，卻暗合自己一貫喜好的牧師。

【風鈴：暖！十五分鐘後到森林前地集合，大概配備一百支魔法藥水便足夠了！】

螢幕上的信息欄顯示出另一名遊戲玩家「風鈴」傳送給她的文字信息。夏暖馬上檢查行裝，確保有足夠的魔法藥水——紅色用作回復血量，藍色則是補充魔力值，隨即趕到約定地點。

【唯缺：鈴，我已經準備好了，一會兒見。】

夏暖回覆了對方的信息。

【風鈴：嗯，一會兒見，暖。】

風鈴很快便作出回應。

【唯缺：好。】

夏暖只簡短地回應了一個字。

【風鈴：有次有新隊員加入，是個七十七級的劍客，暖妳不介意吧？】

風鈴在遊戲中的人緣一向不錯，偶然也會邀請其他新玩家組隊。儘管夏暖不太習慣面對陌生人，但在遊戲世界內，反正別人不會看見怕生的自己，只要默不張聲事實上也沒差。

不過，對於等級還未過五十的夏暖和風鈴來說，與她們組隊的劍客根本沒法參與高階任務，一般玩家通常會嫌棄與等級相差太遠的人組隊。究竟對方是出於甚麼理由答應與風鈴組隊呢？難道他與風鈴一早相識，有很深的交情？還是他從風鈴身上獲得了其他好處？

夏暖禁不住胡思亂想，這是她的老毛病。人與人的相處總是建基於利益，要說沒有好處的話，對方該不會花費時間來陪我們這些低級玩家修煉吧？

【風鈴：劍客打算累積通關次數取得這個關卡的成就稱號，所以特意陪我們闖關，相信有他助陣會很輕鬆的。】

未知風鈴是否察覺夏暖沉默背後的因由，她主動解答了夏暖內心的疑問。風鈴一向很懂夏暖心意，就算相隔於網絡世界，單憑彼此言談間的脈絡，總能準確猜到夏暖心中所想。

【唯缺：原來如此。】

夏暖裝作不在意地回覆。

說到底也是為了自己吧？有些任務只要組隊通關累積達到某個次數，便會得到指定的「成就稱號」。這個名銜並沒有特殊用途，充其量就是展示你在遊戲內的活躍程度，因此大多玩家並不會執意重複舊任務。

是偏執狂吧，夏暖暗地下了結論。

同伴就是這樣互相利用而聚集起來的，對方大概也找不到等級相近的玩家重複舊任務，才碰巧找上了風鈴；而有對方助陣她們這一方亦能較輕鬆地達成任務，可說是雙贏。就算在現實世界中，所謂的朋友關係也是一樣各取所需地來往，美其名就是互惠互利。

只不過在遊戲中，夏暖會將這種平日不齒的思想行為視作遊戲必然法則。

【風鈴：暖，過分懷疑別人是妳的壞習慣。】

風鈴像是洞悉夏暖想法般又傳來了信息。

【唯缺：我才沒有。】

夏暖下意識地回嘴，但心知肯定瞞不過風鈴。

【風鈴：妳可以更相信別人多一點嗎？】

夏暖呆望著信息欄，沒有回應。

除了風鈴之外，夏暖對其他人也談不上信任二字。

因為風鈴是她遇上首個對她無條件地付出，讓自己可以安心相信的人。

大約一個多月前，那天放學回家後，夏暖如常把自己關在房間，啟動了「虛擬相連」遊戲。正打算一如以往地找在線的玩家組隊闖關時，自己加入的遊戲公會卻傳來讓她內心一沉的消息。

【公會有大量物資被盜取了，而嫌疑者正是唯缺。】

公會共通的群體信息欄鮮明地顯示著這樣的一個信息。

「公會」是由遊戲玩家自發組織的團體，玩家加入公會的目的通常都是為了方便找尋組隊同伴。公會內通常設有公開的物品庫，讓成員存放多餘的物資或裝備，供其他有需要的玩家取用。物品庫一般都設定為全開放式，任何公會內的玩家均可以自由取走。

【騙子！】

【我們公會怎麼會養著這麼一個小偷？】

【逐她出公會吧？】

【不不，她還要賠償我們的損失呢！】

各種咒罵聲、責備聲一字一句地在公會的群體信息欄中亂竄。

【慢著，你們根本沒有證據吧？】

當中也有少數的反對聲音。

【證據？有人說見過唯缺的個人城堡儲存庫內有上千支魔法藥水，若不是從公會中偷走的，有誰會無故囤積那麼多魔法藥水？】

【如果是清白的話，不妨公開儲存庫來看看以證清白吧！】

遊戲玩家可以建立自己的「個人城堡」，儲存多餘的物資，物資內容一般均會保密，但亦可以設定向其他玩家公開。

可是，很不巧的是，她的儲存庫內確實有上千支魔法藥水。平常玩家的確不會收藏那麼多補給物資，只是牧師角色最常用的就是魔法藥水，而除了基本的防禦裝備外，夏暖並不熱衷去購買遊戲裏一些中看不中用的裝飾品。單純是基於避免每次出任務才去採購的慵懶心理，她大多會把參與任務所儲來的金錢全部拿來購入魔法藥水。

而夏暖事實上也沒想過要辯解，反正再怎樣說結果都是一樣的吧。不論是在現實世界還是虛擬網絡，人們都沒辦法真心相信別人。自己就算聲嘶力竭地高呼冤枉，恐怕也沒法叫人相信。何況，就算換了一個立場，假設被冤枉的是其他玩家，當別人問到她是否相信對方是無辜，恐怕她也不敢投下信任票吧。

與其乞求一般地去取得他們卑微的「信任」，倒不如當自己倒楣，爽快把事情解決。

正當夏暖打算把一直儲下來的物資和金錢都交到公會當作是賠償時，公會共通的群體信息欄又傳來一個令眾人訝異的發言。

【如果是刻意挪用公會資源的話，根本犯不著偷走價值不高的魔法藥水吧。真正的犯人是副會長「騎士」才對。】

發言的玩家名叫「風鈴」，遊戲角色是一個挺符合夏暖心目中可愛形象的魔法師。

雖然只是一個簡單的陳述，卻像在原本平伏無波的水面投下大石一樣，其他玩家的發言頓時變得混亂起來。這時風鈴又在共通信息欄展示了有力的證據——一張載有副會長個人城堡儲存庫的圖片，清楚顯示出他藏有公會一件稀有騎士防具。加入公會時間較長的成員都知道，該防具是由最初成立公會的玩家留下的，防具無法變賣，並只能裝備在騎士角色身上。

眾人嫌疑的矛頭頓時指向了副會長，群體信息欄復又陷入了一片混亂。

夏暖看眾人似是已把自己遺忘，便果斷地退出了這個公會。

雖然內心一股悶氣，但夏暖還是自我安慰，只是公會而已，遊戲世界內還有很多替代品。虛擬世界就是有這種好處，就算內心受傷了只要默不作聲就不會有人發現，可以若無其事地轉向另一個群體。

【風鈴：妳不打算好好感謝一下我嗎？】

就在夏暖打算操縱角色移動到別處的時候，信息欄彈出了「風鈴」對她發出的私人信息。

並沒經過太多的思索，夏暖爽快地回應了一句。

【唯缺：妳想要多少？】

正所謂無事獻殷勤，非奸即盜，說起來這個風鈴確是幫了她一把，而背後要說甚麼理由的話，想必她想獲取甚麼好處吧。

【風鈴：這樣懷疑別人不好呢！我這是路見不平拔刀相助，妳怎能將我跟那些伸手索錢的偽善者相提並論呢？】

沒想到，信息欄竟顯示出這種意想不到的答案。

【唯缺：妳這是五十步笑百步……】

【風鈴：妳怎麼把話題扯到不相關的事去了？我現在在指正妳對別人抱有過多的疑心一事呢！】

【唯缺：我反而很好奇為甚麼妳這個外人能不對我抱有疑心。】

【風鈴：因為我知道真相啊。不過就算不知道也罷，我還是想要相信妳呢！】

相信。這個字眼不知有多久沒在夏暖心頭冒起過。

人與人的交往有時很奇妙，說來這並不是甚麼驚天動地的邂逅，但夏暖就像內心某個缺失的部分忽然被填補了一樣。無論事隔多久，只要回想起與風鈴相識的經過，她心底內仍會洋溢著那份暖烘烘的感覺。雖然是在虛擬世界結識和來往，但夏暖已立定決心與風鈴當一輩子的好朋友。

自己會否有一天，也能成為像風鈴這樣的人呢？

曾經，夏暖還會這樣的期盼。

後來，夏暖跟隨風鈴加入了另一個公會，也不時約定一同上線去闖關。公會會長Caloid及其他成員都很友善，與他們長久相處下來之後，夏暖也變得稍微會與人交談了，儘管這還是只限於遊戲世界內。從前的夏暖就算身在公會，也沒跟任何人特別要好，彷彿只為了完成特定任務才去加入。她一直都情願把所有人的來往都想成別有用心、各懷利益，那就不必再猜度對方是真心還是假意。

唯獨風鈴是一個例外，是風鈴讓自己稍微改變。

也許是緣分吧，夏暖不知不覺間，已把風鈴視作能夠交心的對象。

【紫千：妳好，初次見面。】

群體信息欄彈了出來。

發信的是風鈴口中所說的劍客玩家，明明登錄角色性別是男，卻有個如此女性化的名字。

【唯缺：幸會，我是唯缺。】

除了與風鈴的私人信息之外，夏暖還是會以唯缺的角色名稱示人。

【風鈴：唯缺很細心，有她作後援我們不用擔心。】

在外人面前，風鈴亦會識相地不喚她的本名。

一同組隊的還有三個同伴，都是以往曾合作過的，雖然不算熟稔，但反正只是在遊戲，夏暖已習以為常。

歷時大約一小時，這次闖關又結束了。

【唯缺：大家還想再來一場嗎？】夏暖提議。

【sing129：我還有約，還是下次吧，抱歉各位大大。】

【Caloid：我肚子餓了，要去買鹽酥雞吃，再見。】

【Yui：僕明早還要外出，要休息了，下次有機會再組隊。】

眾人相繼離線了。

啊……那好吧。

夏暖在心中這樣說著。

雖然是平常不過的事，也許其他玩家的確沒夏暖那麼閒，不過每次被隊友「拋棄」，她還是會有點落寞。

【風鈴：唯缺，妳沒事做嗎？】

【唯缺：沒有。】

只是簡單到不能再簡單的兩個字，夏暖輸入時卻總有點不是味兒，好像是要在眾人面前揭露自己的短處一樣。

【紫千：反正我們不夠人組隊，不如去我的個人城堡聊一下吧。】

初次見面的紫千這樣建議。

夏暖想要拒絕，但卻不懂開口。

【風鈴：好啊，我們去吧！】

反倒是風鈴顯得興致勃勃地答應了，夏暖亦不想掃她興。

就當是為了風鈴吧。

紫千的個人城堡看得出花了很多心思裝飾，配備各種家具及飾物。相反夏暖對於這些遊戲附屬的玩意一向置之不理，從沒打理過自己的城堡。

【風鈴：紫千好像還是學生吧？】

風鈴開啟的話題，卻是夏暖向來不想談及的現實世界。

【紫千：對，今年高二。】

【風鈴：與唯缺同年呢。】

風鈴很快地回應了紫千，復又傳給她一個私人信息。

【風鈴：暖，不好意思，一時衝口而出，妳會介意嗎？】

【唯缺：不會。】

夏暖先回覆風鈴，好讓她安心，然後才在群體信息欄輸入信息。

【唯缺：對，我也是學生。】

夏暖不太想觸及這個話題，因此只簡單地回應。

【紫千：那應該要準備來年的升學考試了，想必很辛苦吧。】

紫千說得好像跟自己無關一樣，害夏暖很想吐槽回去。

【唯缺：還好吧。】

對著除風鈴以外的人，夏暖往往惜字如金。

【紫千：真羨慕呢，我可是每天都給功課壓得透不過氣來。】紫千似是誤會了她的意思。

那就快點滾回去做功課吧，夏暖內心很想這樣吼回去。

雖然沒有人回應，但紫千就像單方面地訴苦的續說。

【紫千：有時也很氣自己啊，本身已經沒才能，但又提不起幹勁，想要改變卻不知怎樣做，結果就每天都渾渾噩噩的過……】

別在這裏怨天尤人，想告解去找神父啊！夏暖內心不斷吐槽，但瞬間轉念一想，其實紫千所說的，與自己平日所想不謀而合。

自己才是五十步笑百步吧，不，到底誰是五十步誰是一百步也說不準。

【風鈴：嘻嘻，你這種想法和唯缺真像呢。】

風鈴卻好像不懂看氣氛地回話。

今天的風鈴似乎格外囉嗦。

紫千繼而又吐了一堆追不上學習進度、交不到朋友、覺得自己很沒用的苦水，只有風鈴偶然回應一句，夏暖則一直默不作聲。

【紫千：抱歉，好像散發太多負能量了，希望不會悶壞妳們。】

【風鈴：不，能夠聽到這些真高興，好像了解你多一點了。】

【紫千：那麼，下次組隊闖關再見吧。】

對話就這樣有一句沒一句的完結。

紫千離線後，風鈴續向夏暖發送信息。

【風鈴：暖，怎麼一直不作聲？不會是睡著了吧？】

【唯缺：不，只是沒有甚麼想說。】

【風鈴：是無話可說吧？紫千好像在替妳說心聲一樣。】

【唯缺：這是在取笑我嗎？】

但夏暖自覺沒法否定。

【風鈴：妳肯定是在懷疑紫千接近我們是別有企圖的吧？】

【唯缺：就算有也不出奇吧？】

【風鈴：暖，妳不認為妳總是先入為主地懷疑別人，對其他人很不公平嗎？】

【唯缺：不會啊，換了是別人要這樣想我，我也不會介懷。】雖然知道是歪理，但夏暖確是這樣認為。

【風鈴：暖，妳知道嗎？一直抱著懷疑別人的態度，其實就是放棄去理解別人。】

又來了，風鈴一貫的說教話。

【風鈴：就算是要猜疑、要不信、要否定一個人，請先從信任開始吧。從信任去了解一個人，當妳了解和掌握一個人的個性之後，這才懷疑也不遲。】

了解一個人，成為朋友以後，自己就迫不得已地要負起朋友的責任，如果到時才察覺對方不值得信任，豈不是會大受傷害嗎？

【風鈴：暖，我覺得妳和紫千該可以交得成朋友的。】

【唯缺：我的朋友只有妳，鈴。】

對話欄上復又顯示出風鈴長篇大論的「至理名言」。

【風鈴：雖然和暖組隊闖關很開心，可是妳也有自己的世界啊！趕快去跟班上的同學打好關係吧！】

風鈴根本就不明白，或者該說她不能理解自己的想法吧？對夏暖來說，交朋友就像要將內心赤裸裸的交出來任人宰割，她情願選擇不相信任何人，也不願意承受交朋友的風險。

儘管內心這樣想，她並沒有把這個想法告訴風鈴。

反正結果又會被風鈴罵是她膽小鬼吧。

【唯缺：我的世界就在這裏啊，在這個名為「虛擬相連」的遊戲空間。我喜歡這裏的一草一木，喜歡每個虛構的城鎮，虛構的情節，虛構的笑臉……只有在這裏，我才有信心自己的心不會受傷害。】

【風鈴：是真心喜歡虛擬的世界，還是單純想要逃避現實，妳能選一邊嗎？】

風鈴直率的話刺進夏暖的心。

【唯缺：最重要的是，這裏有妳在，鈴。】

夏暖坦率地道出自己的心意。

自己應該沒有說謊……不，該說是這絕不是謊言，可是心頭那刺痛又曖昧不明的情感又是甚麼呢？

【風鈴：不，暖，妳的世界應該是更廣闊的真實世界，那裏有著比這裏更有價值的事物。】

【唯缺：那裏會有妳嗎？】

雖是短短的六個字，卻包含了夏暖的真實情感，那是只有在風鈴面前才會表現出來的情感。夏暖一直也不甘於只與風鈴在遊戲中結伴，可是每問到風鈴的個人信息，她總是支吾其詞不願透露。夏暖既不知道真實的風鈴住在哪裏，也沒有她其他聯絡方法。

沒想到，平日總是對她連番說教的風鈴此刻竟然選擇沉默不語。

【唯缺：除了鈴之外，目前還沒有人能走進我的「世界」裏。】夏暖復又強調。

雖然風鈴一直鼓勵她要多交朋友，可她清楚明白，沒有人能像風鈴一般給予自己那種安心感。

風鈴對自己就是如此重要。何況，除了不擅長交際之外，夏暖甚至覺得，假如自己交了其他朋友，好像是等於背棄了風鈴。但這些心事夏暖沒法對風鈴坦白，因為她深知風鈴一定不會認同。

一向多言的風鈴竟然連續兩次沉默不應，害夏暖不禁懷疑自己會否無意中傷害了她。

隔了不久，風鈴還離線了。

莫名的空虛感隨之襲來，讓夏暖不禁擔憂。

可能只是單純想要休息才離線吧。

夏暖從來都很懂得自我安慰。

夏暖登出遊戲系統「清醒」過來，摘下遊戲專用的連線裝置。裝置外表看來就像戴上墨鏡，只是鏡架的部分首尾相連成圈，設計又像是髮箍，可以按玩家的頭顱大小收束。

「虛擬相連」是時下青少年最流行的網上遊戲，與一般遊戲不同的是，遊戲系統分成「線上」和「線內」兩種連線方法。線上遊戲的玩法與傳統網上連線登錄的遊戲無異，玩家只要使用電腦連接互聯網，便可以登錄遊戲伺服器，以電腦操作角色進行冒險。而它獨有的「線內」系統，才是這個遊戲甫推出便成為炙手可熱的角色扮演遊戲的最大原因。

玩家只要戴上開發商獨家設計的「墨鏡」裝置，鏡框的感應裝置會連接人的大腦電波，真正將人的思想與虛擬相連。登入線內系統進行遊戲，玩家就如睡著在做夢一樣，操作虛擬空間內的控制介面，繼而操控角色的一舉一動。相比一般網上遊戲更具真實感之餘，以線內系統登入遊戲，玩家有如是在「睡眠」一樣得到一定程度的休息，鮮有徹夜不睡玩遊戲而精神不振的不良影響。沉迷遊戲的玩家就像白天和黑夜活在兩個不同的世界一樣，白天身處現實世界，晚上睡眠時就進入虛擬世界。只要戴上墨鏡，使用無線網絡連線，玩家就算身處任何地方也可以隨時登入遊戲。

如此活用睡眠時間，人就像生命多賺了一倍。儘管有批評說這只會鼓吹玩家更加沉迷遊戲，而且在睡眠時遊戲亦會讓大腦得不到充分的休息，長遠來說還是會影響健康。不過這些批評尚未有充足實證支持，亦全然遏止不了遊戲的風潮。

對於夏暖來說，「虛擬相連」的遊戲不單讓她的生命多了一個世界，更甚者是讓她可以忘卻自己對「另一個世界」的不安和失望。

現實世界，人類所存在的真實。

對夏暖來說，反倒是身處虛擬世界比較快樂，因為從小以來，她對現實世界的人都不曾抱持美好印象。

懷疑、背叛、拋棄，她從小開始就對人性有了這樣的認知。

她對現實世界的人和事，都不敢抱有期望。

別人眼中難得的假日，夏暖除了玩遊戲之外，通常亦只會把時間花在看書等孤身一人的娛樂。

如果自己不是小孩，也就不需要遵守社會現實的法則。可是夏暖少不免要上學，要面對群體，要與別人接觸。每個假日之後的星期一，夏暖便要自虛擬世界抽身，回到時刻想要躲避的現實世界，每天單是想像即將要下地獄受折磨，已足夠讓她喘不過氣來。

日復一日的煎熬，就從早上開始。

踏出房間，走到客廳，一如往常，餐桌上已準備好早餐，煎蛋吐司和牛奶。

「早安，江阿姨。」

夏暖以十年如一日的不變語調這樣說。

夏暖的父母在她五歲時便離婚了，父母兩人各自有了新的對象，一心想要再婚的兩人都把夏暖視作累贅。結果夏暖的媽媽便把她交託給妹妹江曉照顧，夏暖喚她作江阿姨。

如果要追溯夏暖沒法相信別人的原因，大概是從被親生父母拋棄的那一刻開始。連把她帶到這個世上的父母都不要她了，自己還有甚麼生存價值呢？

我活著到底是為了甚麼？我究竟為甚麼還要活著？曾經有一段時間，夏暖持續著這樣毫無意義的自言自語，而結果是理所當然地不會找到答案，最後換來的就是內心朝無邊無際的深淵一直下墮下墮下墮……

儘管江阿姨一直悉心照顧夏暖，但夏暖最終選擇了對這份親情視若無睹。就算江阿姨對自己再好，都彌補不了失去父母的那種缺失。當夏暖愈長愈大，思想還沒成熟到可以放下，反而更加認清了自己被拋棄這個可憐又殘忍的事實。

夏暖選擇了逃避，不管是隨便哪裏都可以，就算只是行屍走肉般麻木活著，只要不用再受傷害的行了。

最終她選擇了網絡世界。

比起想逃到一個不存在謊言的世界，或許一個從一開始就能當一切都是謊言的世界更能讓夏暖安心。在遊戲世界內，夏暖能夠把一切的付出和收穫都當成互相利用，不用顧慮別人的謊言，不怕受到傷害。就算真的在遊戲中被罵被騙被出賣，相隔於網絡之外的夏暖都可以一笑置之。反正不用親身面對那些人，大不了換個遊戲帳號，就能從頭活一次新的人生。

既然一早沒有預期會得到甚麼，也不會再害怕失去甚麼。

「昨晚又玩網上遊戲了嗎？」

江阿姨替夏暖添加牛奶到玻璃杯內。

「是啊。」

夏暖咬著吐司含糊地說。

「雖說和睡著了差不多，但始終不應過分沉迷。」

江阿姨那種淡然的口吻，在夏暖看來像是在說例行公事一樣。

始終不是自己的親女兒，又豈會那麼著緊？江阿姨對自己的關心，也是出於作為監護人的基本責任而已。

「嗯。」夏暖只象徵式地點了點頭。

「我吃飽了。」

夏暖把杯中的牛奶咕嘟咕嘟的一喝而盡，收拾好餐盤放到廚房的料理台，回到客廳，拿起掛在牆邊的背包，朝江阿姨微微鞠躬。

「我出去了。」

「路上小心。」

夏暖和江阿姨，每天就這樣重複刻板的客套話。

學校，對夏暖來說，是另一個讓她時刻提心吊膽的試煉場。

為了減少接觸人群，為了保護自己的世界不受干擾，夏暖每天還是會偷偷攜帶「虛擬相連」的墨鏡回校。雖然學校明文禁止學生在上學期間玩遊戲，但單是攜帶墨鏡並不算違規，接下來就是各司其法，學生各出其謀找一個能逃過老師耳目的地方連線。

午休時間，夏暖匆匆在學校小賣部吃個麵包作午餐，接下來就是找個地方匿藏，偷偷登入到「虛擬相連」內。學校內能躲藏起來玩遊戲的地方不多，躲在洗手間內雖然較難讓人發現，但連線速度很慢，並不是一個好選擇。

夏暖早已是識途老馬，有數個學生之間都知道的隱密場所，都是偷偷玩遊戲的熱門地點。今天夏暖選擇了圖書館旁邊的學生自修室。自修室設有一些供學生溫習的獨立單間，較寧靜而不受打擾，加上面向牆壁，不靠近看外人不會發現自己戴上了墨鏡。不過座位有限，討厭運動的夏暖不情願地加緊腳步跑上位於校舍七樓的圖書館，以便儘早霸佔座位。

缺乏運動細胞的夏暖氣喘喘地來到自修室，儘管天氣漸漸轉涼，但跑樓梯實在不好受。她發現溫習單間只餘下一個空位，急忙搶先坐下。

稍微調整一下呼吸，夏暖這才發現鄰座的原來是同班同學滕子謙。

以男孩子來說稍微顯得過長的劉海，加上經常微垂下頭，滕子謙總是予人一種神祕又難以相處的感覺。夏暖與同班同學一向都沒甚麼來往，記憶中這個學期來與滕子謙大概連一句話也沒說過。

夏暖倒沒興趣管別人的事，只要對方也別管自己的事便行了。午休時間有限，夏暖拿出墨鏡，內心期望風鈴此時也在線上。

忽然瞥見滕子謙從大衣口袋中掏出那個東西，夏暖不自覺地輕笑了起來。

滕子謙手上拿著的，也是與她一副同款式的墨鏡。

虛擬相連遊戲的專用眼鏡。

兩人相視，彼此稍微愣了一愣，露出會意的笑容。

原來對方和自己一樣也在做相同的事。

說起來這也不意外，虛擬相連在青少年之間挺普及，有些同學也會約好一起玩。當然這並不包括夏暖，她並沒在遊戲角色資料中透露任何真實身分資訊，所以就算是同校的學生，假如在遊戲內碰巧遇見，也斷不會知道她是誰。

夏暖戴上墨鏡，還故意把頸巾拉高蓋著後腦，登入至遊戲。

已然成為習慣的首要動作，夏暖從遊戲的好友名單中，查看風鈴有沒有上線。名單上風鈴的名字給淺灰色圍著顯示不在線上，讓夏暖內心也像抹上一層陰影。

每次遇不上風鈴，都難以避免會有這種失落感。雖然風鈴很少談自己的事，但過去夏暖留意到她的上線時間挺長，鮮有長時間不登入遊戲。況且昨天聊至半途風鈴忽然失去聯繫，更讓夏暖渴望能早點與她聯絡上，好確認自己有否無意中做了不好的事。風鈴是自己重要的朋友，是任何人也不能取代的。只要稍微想像自己可能惹對方不快，就會覺得自己犯下不可饒恕的錯。

反倒是昨天才認識的紫千竟然有在線，他不是說自己也是學生嗎？說不定也是趁午休偷偷在學校上線吧。

午休時間當然不足以參與遊戲任務，夏暖閒逛了一會，再三確認風鈴並沒上線，這才不情不願地登出遊戲。

原本坐在身旁的滕子謙剛好站起來離座，夏暖不想大家走在一起，因此故意多坐一會，確認對方走遠了，這才離開圖書館。

午休完結的鐘聲已響過，夏暖因為走得慢，稍晚了點才回到位於二樓的教室。她甫踏入教室，已覺班上各人氣氛異常。

夏暖班的負責老師姓胡，雖然經常嬉皮笑臉，但生氣上來十分嚇人。由於老師臉上蓄著濃密的大鬍子，同學暗地稱呼他為胡子。

胡子老師僅以眼神示意夏暖回到座位。而夏暖察覺所有人的目光，都集中到坐在窗邊最末座位的一名同學身上。

正是剛剛才在圖書館遇見的滕子謙。

滕子謙木無表情，視線一直對上胡子老師，卻不發一言。

鄰座的同學好心告訴茫然不知情的夏暖：「好像說是放在窗邊的盆栽掉到樓下去了，雖然沒傷到人，但胡子還是堅持要查出是誰做的。」

所以正好坐在窗邊位置的滕子謙便成了嫌疑犯嗎？真是隨便的推理。

懷疑這回事，就是不問背後有沒有充分理據，只要單方面構想便會形成。

反正與自己無關，夏暖呆望著神情凝重的胡子老師出神。

「不是我碰跌的。」滕子謙淡淡吐出了話。

沒有過多的情緒起伏，與其說是過分鎮定，夏暖更覺得他是根本不在乎別人怎樣想。

「那會是誰？你說午休時不在教室，那你到哪兒去了？誰能證明？」

信任這回事就是如此薄弱，別人要是不相信你，不管你如何聲嘶力竭高呼也無法挽回。

真令人不快。

雖然夏暖心知肚明，自己亦不是一個會主動信任別人的人，因此也沒資格作批評。

滕子謙沒有應答。

答案已經說過了，你們是否相信也好，再問多少遍也是一樣。

夏暖不知怎的從滕子謙的臉上讀到這樣的意思，說不定他內心只是在冷笑。滕子謙和自己過去雖然沒有交集，但夏暖也留意到，對方和自己也是相似的人。不擅交際，獨來獨往，沒有知心好友，在班上顯得不合群。

這時，班長姚夏希依足禮節先舉手示意，然後才站起來緩緩的說：「胡老師，這樣追問下去恐怕沒完沒了，而且已到了上課時間，不如待放學後才找滕同學慢慢問個明白吧。」

姚夏希是個與夏暖截然相反的存在。成績好、人緣佳、談吐有禮大方，是師生公認的優等生。雖然同學都說她很照顧人，但夏暖覺得她只是喜歡把自己放在高高在上的位置，常以自己的標準去評價別人，對周遭的事說三道四。

雖然夏暖有時會想如果自己的個性能夠有一半像姚夏希的話應該不錯，但這種心情還說不上叫羨慕，只是胡思亂想而已。

「你……知道盆栽是哪時掉落的嗎？」夏暖心血來潮地問鄰座的同學。

同學想了一想後回答：「應該是午休中段，因為盆栽掉下去時籃球場的人很多，惹起很大騷動。」

這根本不可能吧。

滕子謙午休時大部分時間都和自己一樣在圖書館。圖書館在校舍七樓，來回教室至少要十分鐘。加上自己出現在自修室也是偶然，滕子謙沒可能利用自己耍詭計做時間證人意圖脫罪。

如此而言，犯人斷不會是他。夏暖算起來也是個推理小說忠實讀者，內心化身的名偵探下了這樣的結論。

明明是別人的事情，就算對方是否清白，壓根兒與自己完完全全無關，但夏暖內心當下泛起了一種異樣的感覺，像是有甚麼正在翻滾一樣。毫無先兆地，就算日後回想起來恐怕是連自己也會嚇一跳那麼稀奇，夏暖倏地站起身來。

胡子老師、姚夏希、滕子謙，還有其他同學，不其然全把視線投向她。除了有時給老師點名回答問題之外，夏暖從來沒試過這樣承受群眾的視線。

如果人的目光會殺人的話，她現在肯定快要死了。

夏暖最害怕的就是受人注視。

可是，內心就像有甚麼在操控自己一樣，夏暖意識紊亂地吐出了話。

「胡……胡老師！」

「甚麼事？」

「剛……剛才午休時，滕、滕同學一直都在圖書館的自修室，因……因為我……我也在場。」

「你確認那是滕子謙同學嗎？」開聲尋求確認的並不是胡子，反而是姚夏希。

「沒……沒錯。」

我只是膽怯在群眾面前說話才顯得口齒不清，可不是因為說謊心虛，犯不著以這樣質疑的眼神和口吻再三確認吧？難道我在別人心目中已經差勁到連認人的能力也要懷疑嗎？夏暖的思緒像亂竄的電流，似是快要超出某個臨界點。

胡子看上去仍是半信半疑，但最終還是選擇相信夏暖不會無緣無故作假證。

「既然如此，那大概是一場誤會，事件我們會再調查的。」

夏暖登時舒了一口氣，像脫力般坐下。從別人眼中看來，也許很像是因為替人雪冤而覺安心，但事實上她僅僅是從面對其他人的壓力中釋放出來而已。

為甚麼自己會這樣做？就算是夏暖本人也說不出究竟。勉強要說的話，大概是她從眼前的滕子謙，聯想到當天被公會誣蔑盜取物資最後得風鈴所助而洗脫罪名的事。

自己只不過是當了風鈴當時的角色。

當天放學後，夏暖如平常一樣默默收拾物件，準備混在人群中悄悄離開課室。

「夏暖。」

背後傳來一把聲音，字正腔圓地喊她的名字。

夏暖別過頭，滕子謙朝她微揚起手，就像街上遇上朋友打招呼一樣。

「下午的事，謝謝了。」

道謝的話並不需要，反正她並不認為自己做了甚麼了不起的事。夏暖並非擁有施恩不望報的高尚情操，只是單純認為彼此謝來謝去很麻煩，而且對於現實世界的人和事，她從來都覺得少接觸為妙。

因此對於滕子謙的道謝，夏暖僅微微點頭示意。

滕子謙朝她笑了笑，便如完成任務般提起背包，離開課室。

雖然的確沒期待對方會糾纏不清說必須報恩甚麼的，但像他那樣滿不在乎地說一句謝謝了事，一副像是單純顧全禮貌的例行公事般，卻又令她心生不爽。

與他一直面對胡子時的情況一樣，滕子謙好像從不把其他人和事放在眼內。不過，對夏暖來說，卻又好像是一種值得嚮往的個性。自己能否做到把身邊的人和事都當成與自己無關般一笑置之，而不用每天卯盡全力思考怎樣逃避與別人交流呢？

這種事根本不值得效法吧？

假如和風鈴說的話，她肯定會這樣回應。

對於夏暖來說，人與人的溝通和相處，群體生活的複雜性，就像對夏蟲語冰一樣叫她無法理解。

平凡不過的群體生態，在一個群體之中，通常會分成不同的圈子。有大的，有小的。小的圈子可以是兩個人，多則也是四、五個人，少數志同道合的人會這樣聚在一起。這樣倒不要緊，問題就出在大的圈子。

夏暖班上的大圈子，領導的自當是身為班長的姚夏希：姣好的外表，時刻保持正經和一絲不苟的形象，能對周遭的人觀言察色，繼而主導團體氣氛，具有獨立不受別人影響的領導才能。如果要區分喜歡和討厭，夏暖對姚夏希絕對沒有偏向討厭的一方。可是，作為大圈子的領導者，身為班長，受老師信任的優等生，往往就會為像夏暖這一類的小眾帶來困擾。

隔天放學，夏暖在下課鈴聲響起後打算馬上回家，誰知卻被姚夏希和商心悠兩人攔住。

「之前老師給妳的『功課』，準備成怎麼了？」姚夏希狀甚不客氣的問。

「我想不會是甚麼也未做吧？」常與姚夏希出雙入對的商心悠也插一腳問。

假如姚夏希是愛照顧人的大姊姊，那商心悠就是惹人憐愛的小妹妹了，兩人在校內人氣都很高，特別是商心悠這類嬌小可愛的女孩子，一直很受男生歡迎。

夏暖內心一沉，不知怎樣回應。但她心知肚明，自己是沒法子的，肯定是做不到的啊。

說上來並不是甚麼艱難要務，就是學校本學年推行的德育活動，主題是「讓班上所有學生都融洽相處」這樣空泛的題目。可是，不知是由哪個混蛋想出來的企劃，就是說要交由一些平日受忽視的小眾學生——簡言之就是在課外活動社團和班別均沒有擔任任何職務的學生去主理。每個人都有擅長的事，有些人外向好動，喜歡與人交流，這樣的事由他們來做就最好不過。可是，當大圈子來辦這種事，活躍地參與的就只有大圈子的成員，這就達到不了活動讓所有同學都參與的原意。因此，交由小圈子成員來主辦，大圈子亦積極配合，便能構成全班學生都連成一線的效果。

如意算盤如此，但實際上能否執行往往是另一回事。而最不幸的是，一直貫徹不交友、與同學保持最低限度交流的夏暖，正好就是那寥寥可數沒有職務在身的學生，於是便遭推舉出來成為代表。

這對夏暖來說，根本就是與惡夢無異。

要籌劃一個班上的活動，讓所有同學都有機會參與。就算是參與活動也顯得力不從心的夏暖，更枉論要負責策畫呢？

「對不起，我還未有頭緒。」

夏暖把頭垂得低低的。

「不會吧？這怎麼行呢？」商心悠誇張的反應像是在尖

叫，好像想要把夏暖的事昭告天下一般。

「夏暖同學，要知道活動由籌備、預算、計畫、物資準備等，統統都要時間，如果連基本的方向都未確定，活動肯定是會泡湯的。」姚夏希以相對沉著的聲音回應，但夏暖聽上來卻是同樣刺耳。

「對不起。」

夏暖知道自己做甚麼也無補於事，只有一直道歉道歉道歉。

是我的錯，都是因為我不中用，我沒有才幹，也沒有天分，甚麼也做不好。每當有別人斥責自己，夏暖總會陷入無邊無際的自我埋怨漩渦，不管那是否真的是自己的錯。

姚夏希嘆了一口氣，語調流露出一絲不滿：「夏暖同學，我們是為妳著想。要不然給其他老師知道，會以為我們班同學不夠團結，更甚者萬一讓人誤會我們是在欺凌就糟了。」

說了這麼久，妳們究竟有沒有把我的話聽進耳內？我不是沒在想，而是真的想不到。不是不想做，而是做不到，這根本是遠遠超出我的能力範圍之外。

儘管內心在吶喊，但現實中的夏暖只能把頭垂得低低的，一言不發。

不合群是我的錯嗎？難道想要自己獨身一人這種微小的渴求也是不容許的嗎？為甚麼一定要我遵守大家訂下的規則？而且又不是我希望這樣的……

一直保持沉默，但思緒卻在不住胡竄。

救我。

有誰……有誰可以救我？

風鈴……風鈴呢？

現在不是在虛擬世界內。

她沒法向風鈴求助。

也沒法登出遊戲系統逃避。

這正是她討厭現實世界的主要原因。

沒法躲避，沒法逃跑，所有窩囊不堪的表現都會毫無保留地盡收別人眼底，而無力反抗的自己，則只可以默默承受。

有……有誰……有誰在？

不遠處，只見滕子謙正端詳著她們。

不如開聲喊他吧，夏暖，加油，喊他一聲，說有事要先走了，再加一句抱歉，應該可以逃過眼前的兩人。

但……但如果滕子謙不理會自己的話，怎麼辦？這豈不是更狼狽嗎？

實……實在沒有其他辦法了……

「滕、滕同學！」夏暖竭力以沙啞的聲線喊。

彷如一直在等待夏暖的求救一樣，話甫說出口滕子謙已急步跑上前，擋在她與姚夏希等人中間。

「唸了她那麼久也足夠了吧，妳看人家都快哭了，妳就饒過她吧。」

滕子謙流暢的話像是一早背唸過的台詞一樣。

姚夏希收回嚴肅的表情，若有所思的慨嘆：「夏暖同學，我們不是在怪責妳，但大家始終是同班同學，如果妳真的遇上困難，我亦希望能及早幫忙。」

說完姚夏希便領著商心悠離開了。

夏暖繃緊的思緒一旦放鬆，登時變得渾身乏力地曲膝背靠著牆壁坐到地上。外頭吹著呼呼冷風，但夏暖卻難受至額角冒汗。

「終、終於擺脫了……」夏暖不禁低語。

「妳是這樣想的啊？」耳尖的滕子謙聽到後語帶嘲諷的說。「姚夏希並無惡意，她只是比較性子急又略帶固執而已。」

沒料到滕子謙還會替姚夏希說項。

「謝、謝謝你，滕……滕同學。」

「別喚我滕同學，聽上來怪怪的。」滕子謙眉頭略皺。「叫我子謙就好了，暖。」

明明同班以來正式的對話還不到十句，但這傢伙不但要人用名字稱呼他，還自作主張地以名字喊她。

除了風鈴之外，夏暖根本不認為有親密到可用名字喊她的朋友。

「無……無論如何，都要謝謝你。」

「不用謝，既然妳願意信任我，我當然不可能違背妳的期待。」

滕子謙直率的回應讓夏暖一時反應不過來。

「信任？」夏暖驚愕得像是被嚇了一跳般身子不自覺向後傾。

「是信任啊。」滕子謙毫不含糊地肯定道。「因為妳相信我能夠拯救妳，我才相信我可以拯救到妳，這亦是我存在這裏的原因，這不是信任是甚麼？」

「是……是嗎，雖然我不太明白。」

「哦，我的話原來有那麼難懂嗎……」

滕子謙輕浮的語調並不像是在反思。

「不，我只是覺得你分明一副待在一旁看我會不會開口叫你的樣子，真不知該感謝你在乖乖候命還是該埋怨你想看好戲到何時……」

「唔……妳倒說得一針見血……」話是這樣說，滕子謙卻語帶輕挑。「可是妳就不能猜想成我只是生性怯懦不知好不好為妳出頭這樣子嗎？」

「哎？真不好意思……」夏暖這才發覺剛才把平常內心的碎碎念不自覺地說出口了。「但你的說詞跟你的形象落差更大啊……雖然平日看你總是不理世事地裝酷，可是怎看你也較像是瞧不起身邊人而不是膽小畏縮的一類吧？」

「哎呀，我可沒自覺自己建立過這樣的形象呢。」

「怎樣也好，今次幸虧有你在。」

「我們是朋友來的嘛，朋友當然就是要互相幫忙的。」

「朋友？」夏暖以近乎目睹不明生物的難以置信口吻失聲道。

在現實世界聽到這個詞彙，夏暖只覺莫名的陌生。

「我、我們……算、算是朋友嗎？」

並非單是疑惑能表達的程度，夏暖覺得這甚至踏入不可思議的境界了。

「怎麼說這種奇怪的話？」滕子謙展現出與平日迥異的爽朗笑容。「由妳開聲呼喚我的一刻起，我們就已經是朋友了。妳再說這樣見外的話，可是會令我傷心的。」

說著滕子謙朝夏暖伸出手。

別說是與人觸碰，平日就算是與人接觸都會顯得戰戰兢兢的夏暖，卻順理成章地迎上那伸出的手。

是自己的手太僵冷，還是他的手太和暖呢，雙手握緊當下，夏暖像是感受到有一陣暖意傳遞至自己身上。

一時之間連夏暖也弄不懂是甚麼原因。

好像內心某個停頓多時的齒輪也忽然給重新啟動運行了一樣。

久違的，也突如其來的，交上了現實世界的一個朋友。

原來，感覺還不賴。

第二章：喜歡與討厭

「滕、滕同學……」

「告訴過妳很多遍，叫我子謙就行了。」滕子謙朗聲說。

「不……我還是不太習慣……不過，儘管你說過我是你的朋友，但這究竟是甚麼回事啊？」

滕子謙臉上不解的表情讓人覺得他確實不是故意的，但夏暖只覺更加動氣。

教室壁佈板上一個不起眼的角落，本來就貼著一張告示，列明本班班會活動的籌辦人是夏暖。但如今在告示上夏暖的名字旁邊，則以極粗線條的黑色記號筆大喇喇地寫著「滕子謙」三個字。

「怎麼了，想說我的字很醜？」滕子謙側頭思索。

字醜並不是重點，雖然確實是挺醜的。

「重點是，根本沒有必要這麼張揚地寫出來吧？」

甚至說，就算不寫出來也行。

自從上次滕子謙為夏暖出頭後，姚夏希便把他列為籌備委員。

「為甚麼姚夏希會讓你加入的啊？」

「我對姚夏希說：『我也想幫忙。』她便回答：『好啊！』就是這樣。」

「就這麼簡單啊……」

為甚麼會那麼隨便說好的！

「姚夏希也是看妳一人覺得不放心，自然樂得有人願意幫忙。」

「真的是這樣嗎？我覺得她是根本不相信我能把事情做好，害怕活動弄垮了吧？」

「暖，妳就非要把所有人都看成如此壞心眼的嗎？就算姚夏希真的擔憂活動的成敗多於妳個人，她還是出於好意才讓我來幫妳的，請妳學習多相信別人吧。」

又是相信，在夏暖心中，這個名詞只如細絲般薄弱。

雖然夏暖滿口怨言，但有滕子謙幫忙對她來說絕對沒差，或者該說是更好才對，至少有個可以交談討論的對象。

而且，對方還當自己是朋友。

擁有朋友，原來是這樣的一種感覺嗎……

「說到分班這回事，能夠編在同一班，其實也是一種緣分，就以概率來算，一個學級有五班，機會只有五分之一。」

「這根本不對吧，又不是隨機抽樣，編配班別背後還有很多成績品行考量的。」

「這點小事就別在意了，反正也不重要。」滕子謙沒有反駁，態度近乎是完全忽視夏暖的回應。「不論是學習還是玩樂，班上集體活動多的是，因此若不與同學建立良好的關係，會影響其他活動的果效。簡單說分組做功課的時候，妳會找誰一組？」

「平常都是鄰座的同學吧。」

「正因為所有人都因循舊習，過去怎樣做，之後便怎樣做，久而久之才形成小圈子。」

「這又有甚麼問題？」

「最大問題首先就在於妳不承認這是一個問題。」滕子謙不知怎的亮出得意的笑容。「如果妳一直封閉自己，一直抱著只是一個人也沒關係的態度，妳便更沒可能踏出小圈子。」

「是這樣的嗎？」

夏暖納悶的想這個人憑甚麼裝出一副甚麼都知道的樣子。

滕子謙昂首自豪道：「班上各人的事，我都看在眼內。」

「為甚麼會有這樣的自信？」

「因為我坐在後排，大部分同學日常的行為和各種反應，我全都能觀察到。」

「這種事有甚麼好自豪的……」

這根本只是一種惡劣的趣味。這傢伙貌似有點自我意識過剩，把自己放得高高在上，將其他人都當成是笨蛋的自大狂。

「我知道妳在想甚麼啊……」滕子謙瞇著眼緊盯著夏暖。

「哦？甚麼？」夏暖試圖裝傻。

「妳應該是認為我很自大，好像把身邊的人當成笨蛋一樣吧。」

真的給他看穿了。

滕子謙自顧說下去：「老實說，我並沒有這樣的想法，固然我是認為有些人想法較幼稚，但我沒有看小或看輕他們的念頭，因為這是他們的選擇，我管不著。」

「我也明白的，」夏暖微微頷首。「我就不太喜歡像姚夏希那種看著人家不對就要指正出來的態度。」

「不喜歡嗎……」滕子謙搖頭擺腦地喃喃說。

「有甚麼問題？」

「只是不喜歡，而不是討厭吧？」

夏暖愣了一愣，這問題她當然沒想過。

「是不喜歡，但又不至於討厭。」夏暖思索了一會才回應。

滕子謙像是早料到她的答案般說：「『討厭』的含義很明確，就是妳對他人的事情覺得反感；可是若說是『不喜歡』，當中或許有包括負面的感受，但背後大概還有更多複雜的情緒和想法，充滿灰色地帶呢。」

「你認同姚夏希的做法嗎？」

「我同意啊。」沒想到滕子謙會斷言認同。「雖然我自己是做不到這樣。」

「這樣不會為別人帶來麻煩嗎？硬是把自己的想法強加到別人身上。」

「乍看是有點自私，但我認為她只是忠於自己的想法而已。」

「但如果她也尊重別人有自己的想法，就不應該想要改變別人。」

「暖，妳不要把『自我』這種事放到那麼牢不可破的程度。」滕子謙的語調忽地變得輕柔。「人本來是每一刻都在改變的，願意改變並不等於是抹殺自我。如果最終的結果是好的，就算真的是被迫著改變，我們也應當笑著接受吧。」

「不知道呢。」

夏暖逃避似的打發著話題。

「說了那麼久，那你對今次的班會活動，到底有甚麼好建議？」

「這個嘛……暫時還沒有。」

「原來如此。」

發表完一番偉論，原來是甚麼想法也沒有嗎！

總覺得這傢伙輕浮的態度很欠揍。

早知就像過往一樣，放學早點回家玩虛擬相連算了。

回家後，夏暖朝廚房內江阿姨的背影喊了一聲「我回來了」，然後打算如常回到房間。

「暖。」正在弄晚餐的江阿姨叫住了她。

「甚麼了？」

「最近……放學後晚了回家呢。」江阿姨似問非問的說。

「唔……要幫忙籌辦一些班上的活動。」夏暖含糊地回答。

「跟同學相處融洽嗎？」

「挺好的。」

這並不算是謊言，雖然也不能說是全部的真相。

「我……回房間去了。」

江阿姨並沒追問甚麼就隨她去了。

只是比平常稍晚了回家，江阿姨是察覺到她有甚麼改變嗎？

返回房間後，夏暖立即登入虛擬相連遊戲。她並沒有闖關的興致，看見風鈴在線上即發了一個私人信息給她。

【唯缺：鈴，現在有空嗎？】

【風鈴：暖，妳有事情要和我分享？】

風鈴一向都對夏暖的情感很敏銳。

【唯缺：我最近交上一個朋友了。】

明明好像是很高興的事，但夏暖思前想後，還是採用了一個平淡的口吻。

【風鈴：恭喜妳，實在太好了！】

風鈴的反應算是自己意料之內嗎？夏暖猜風鈴大概是會有這種反應，但實際發生時她內心卻有點不是味兒。

【唯缺：為甚麼要恭喜？】

【風鈴：難道交上朋友不快樂嗎？】

風鈴反問。

【唯缺：也不能說是不快樂。】

夏暖不置可否。

【風鈴：暖，妳不會是在顧慮我吧？】

風鈴再次一語道破。

夏暖接連輸入了又刪除了數次，但最終還是鼓起勇氣發了出去。

【唯缺：鈴，妳會不高興嗎？】

風鈴很快作出了回應。

【風鈴：怎可能，我很高興，我一直都希望暖可以多結交不同的朋友。】

【唯缺：但這豈不是就少了和妳一起的時間嗎？】

【風鈴：傻孩子，妳怎可以這樣想，妳學校裏的朋友又怎可能和我相提並論呢？】

如果是從夏暖的角度去解讀這句話，肯定是學校的朋友比不上風鈴的萬分之一。

【唯缺：不過，他這個人還怪怪的。】

風鈴的反應讓她很意外。

【風鈴：他？是男生！是男生嗎？】

怎麼反應這麼激烈啊？

【唯缺：是啊。】

【風鈴：暖難得交上的朋友，居然還是男生，這實在是太驚人了！】

別那麼誇張，而且事情也不像是風鈴所想那樣。

【唯缺：只是碰巧，碰巧認識上，又糊裏糊塗地要一起負

責籌備班會活動。】

【風鈴：且不說喜歡，但至少暖妳不討厭他吧？】

夏暖這又想起滕子謙長篇大論的大道理。

喜歡，肯定談不上，但討厭呢？她又斷言不會選擇這邊。

【唯缺：只是不討厭吧。】

【風鈴：那便行了，這是一個很好的開始。他是一個怎樣的人？】

【唯缺：怪人，無論想法和行為都很怪，我真懷疑他是從另一個星球來的，腦子結構和我們不同。】

夏暖直截了當的回應。

【風鈴：我想他該是個挺有趣的人，真想認識他看看。】

【唯缺：我知道他也有玩虛擬相連，但我卻不太想自己的網上身分給外人知道，所以沒問他拿帳號資料。】

【風鈴：真可惜，既然是暖的朋友，我也希望能結識他。】

【唯缺：有機會我再問他，如果鈴真的有興趣的話。】

【風鈴：當然有興趣，暖的朋友，也就是我的朋友，而且我也很想知道，是怎樣的男孩可以讓暖迷上。】

【唯缺：我才沒有迷上他！】

【風鈴：但至少妳不會否認，他對妳來說算是重要的朋友吧？】

【唯缺：也許吧，我也不太懂。】

滕子謙對自己來說真的重要嗎？幾乎沒有交朋友經驗的夏暖，也弄不懂自己與滕子謙那所謂的友誼有多深厚。說起來自己對他亦近乎一無所知，過去對這位同班同學的印象，就是朋友不多、不多言、明顯是和她一樣的小圈子。

【風鈴：既然難得成為了朋友，暖妳可以主動和他多聊聊天，更深入了解一下對方。】

人際交往的學問，夏暖實在不擅長。

【唯缺：順其自然吧。】

【風鈴：晚飯後有時間闖關嗎？大約一小時後。對了，今天紫千也在陣。】

又是那個怪人？他最近好像與風鈴來往甚密，一起組隊的次數漸漸變多。明明以他的等級，陪他們執行初階任務只是耗時長回報少的行為。

雖然風鈴鼓勵夏暖多與滕子謙來往，但說實在兩人見面討論活動時，大多是滕子謙單方面在說話，夏暖則是有一句沒一句的回應。儘管如此，夏暖內心那與人交際的恐懼感，套用在滕子謙身上的話確是日漸消減。

滕子謙對自己照顧有加，經常說笑話逗她發笑，而且在籌備班會活動上不遺餘力，替夏暖扛下了她最討厭的對外聯繫工作。就算是晚上回到家中，夏暖亦開始減少使用虛擬相連的線內系統，以便玩遊戲時也能以手機信息與滕子謙溝通。不知不覺間，夏暖發現自己開始沉醉於與滕子謙的交流中，每晚與他互通手機信息至半夜，甚至害她連功課也沒時間做。而滕子謙好像有說不完的話題，從書籍、漫畫、音樂，到社會時事、人生道理，兩人每晚天南地北無所不談。後來夏暖還發現彼此有一些共同喜歡的作家和推理小說作品，也是她始料不及的樂事。

夏暖亦察覺自己最近稍微忽略了風鈴，玩遊戲的時間也少了。

【風鈴：待會兒還組隊闖關嗎？】

剛才收到滕子謙的信息說他正準備外出辦點事，夏暖打算久違地以線內系統登入遊戲，可以全情投入與風鈴闖關。

還未及回應，遊戲內便傳來紫千的信息。

【紫千：我不闖關了，網上流傳的消息說，在我家附近不遠有一個相連人的個案，我打算去看看。】

【唯缺：相連人？那是甚麼東西？】就算紫千離隊，夏暖大可另找同伴闖關，但她一時仍禁不住好奇地問。

【紫千：唯缺，妳最近較少上線了，這事可鬧得熱烘烘呢。】

紫千向她發送一個新聞發佈的網頁連結。

夏暖點擊進入連結的網站，那是近日的一宗新聞報道：〈電腦遊戲吞噬靈魂，遊戲玩家昏迷不醒〉。

真是嘩眾取寵的標題，說起來夏暖有印象看過這報道標題，只不過是當作一般胡謅的流言而沒有詳細瀏覽。

報道內容描述有「虛擬相連」的玩家使用線內系統登入連線，由於上線後玩家就好像睡著了一樣，外人大多不以為意。某位玩家的母親發現正在玩遊戲的兒子久久沒有離線起牀，後來甚至強行摘下遊戲墨鏡，兒子還是沒有醒來，於是報警求助。玩家給送往醫院檢查後，醫生卻說玩家身體機能一切正常，找不到無故昏迷的原因，就像無緣無故成了植物人一樣。

事件直到此刻也不算甚麼，詭異的是接下來發生的事。

有其他玩家表示曾經在遊戲中與當事人一同組隊闖關，而時間點已是在當事人出事之後，即是人雖然身在醫院，也理應登出了遊戲，但遊戲角色仍如常在活動。

不同的猜測霎時滿天飛。目前廣為流傳的說法是，以線內系統連線，大腦電波長期與電腦系統連線而逐漸同化，最後就如靈魂與電腦連上線，意識被困在網絡世界，因此就算空餘軀殼昏迷不醒，玩家殘餘的意識仍然能讓他們在遊戲世界活動。而且聲稱曾與當事人在事發後組隊的人亦說，當時並不察覺對方有異樣，還能如常交談，亦不像是有其他人盜用了其遊戲帳號。

各類消息以訛傳訛，又沒法找到當事人求證，但類似的個案每隔一段時間便會再次出現，儼如成了新一幕的都市怪談。

有相信說辭的人則表示，因為連當事人也沒覺察自己已經與電腦系統相連，還誤以為自己仍然在玩遊戲中，不知去到何年何月，直到殘存意識全然消逝為止。

遊戲開發商當然指責有關傳言荒謬絕倫，也矢口否認連線系統具危險性。

其後，有人為這些在玩遊戲期間陷入昏迷，懷疑是意識被陷於網絡世界的玩家起了一個獨特的外號：「相連人」。

【紫千：最新發現的相連人個案，有人證實數天前仍與該玩家組隊闖關，但另一邊廂真實的玩家按理在一個多星期前已昏迷留院。】

【風鈴：那麼你打算怎樣做？】

【紫千：等一會我會到那個人的家去。】

【風鈴：為甚麼要去？】

【紫千：有人已約定了相連人的遊戲帳號一會兒組隊，接下來由我到當事人真實的家，在他們家人面前，直接向相連人

求證是不是本人。】

【唯缺：他們的家人會否乖乖合作？】

夏暖潑冷水般的回應。

【紫千：不知道，但總要嘗試，這是親身去求證傳聞的好機會。】

紫千表現得甚為樂觀。

【風鈴：原來如此，我也很想幫忙，可是我去不了。】

風鈴這又回應。

夏暖本來不打算繼續回應這個話題，與風鈴另找玩家組隊闖關，誰知風鈴卻向她發了個私人信息。

【風鈴：暖，不如妳也和紫千一起去吧？】

【唯缺：我？為甚麼是我？】

【風鈴：按理那裏應該也在暖的家附近吧？】

【唯缺：我就算去了可以做到甚麼？】

【風鈴：就算甚麼也做不到，也不代表這件事毫無意義，而且了解一下實在沒壞，我也很好奇呢，暖妳就當作是替我走一趟吧。】

說不在意是騙人的，但那是出於好奇多於關注。不過要說夏暖內心最大的障礙，反倒是要去面對一個陌生人吧。只是風鈴說到這個份上，縱是為難，但夏暖都不想拒絕風鈴對她難得的請求。

【唯缺：紫千，你打算何時出發？】

【紫千：我快動身了，唯缺妳也想一起去？】

【唯缺：嗯，在哪裏見面？】

【紫千：就在對方所住的大廈正門吧！】

紫千發送了地址和地圖給她。

相連人的家確實在附近不遠。

【唯缺：怎樣辨認你啊？】

【紫千：我會穿著黑色皮革外套，人挺帥的。】

哪有人會這樣說自己的啊！夏暖不禁吐槽，但內心不禁泛現了一個念頭：這個經常纏著風鈴的紫千，不但名字讀音相似，就連那種欠揍的態度都和自己最近認識的某人異常一致。

依約來到相連人的家所在的大廈，夏暖遠遠已見有個穿黑色皮革外套的男生，不住地東張西望，像是在等人一樣。

不會這麼巧吧？

哪會有這麼巧合的！

如果錯認了會很糗，夏暖還是決定先裝傻前去問個究竟。

「滕同學……你怎麼會在這裏？」

「啊……暖！真巧！我在等人啊！」

「等誰？」

「一個女孩子啊。」

「女孩子？」

滕子謙斜睨著她：「怎麼了？暖妳不會是跟蹤我吧？難道說我跟其他女孩見面讓妳不快嗎？妳這樣想我會有點為難，雖然也會很高興就是了……」

自顧自的喋喋不休讓夏暖不其然焦躁起來。

「我才沒有這樣想！」

「咦咦咦！」像是覺察到甚麼，滕子謙忽然露出疑惑的目光。「妳不會就是『唯缺』吧？」

果然如此！

「原來你是『紫千』！好好一個男生幹嘛取個女孩子一樣的名字？」

「『紫千』和『子謙』是諧音啦，而且用女孩子的名字玩遊戲時較有利，雖然登錄角色明明是男性，但人們傾向想像是女扮男裝。」

給風鈴知道準嚇她一跳！

「這種命運中的美妙邂逅還是容後再談，時候不早了，我們快點上去看看吧！」

兩人上樓到情報所示的單位門下，滕子謙按下了門鈴。

沒人應門。

「滕同學，你的情報該不會錯的吧？」夏暖斜睨他說。

「我不保證，但暖妳可否別露出這種懷疑的目光看人呢？」

滕子謙再按了一次門鈴。

大門敞開，一位中年婦人探出頭來。

「請問一下，妳是梁德南的母親吧？」滕子謙恭敬有禮的說。

梁太太看來戒備心甚重：「你們是甚麼人？」

「我們是為了梁德南的事而來的。」

「你認識我的兒子嗎？」

「認識，」滕子謙使勁地點頭。「我們都是『虛擬相連』遊戲的玩家。」

滕子謙一吐出遊戲名稱，梁太太登時臉色一變，勃然大怒的說：「你還提那該死的遊戲幹嘛！它已經害得德南他……害得他變成這樣了！」

「梁太太，既然妳也聽說過關於遊戲的傳言，那我也不轉彎抹角了……」滕子謙以平穩無波的語調說。「雖然妳的兒子現在還躺在醫院，但據說他的遊戲角色仍然如常在遊戲世界活動著……」

梁太太臉容抽搐，強忍著淚水的說：「如果你是想說那個遊戲會吸走靈魂那種無稽之談就免了，我是不會相信的！」

「是嗎，說起來我也不太相信呢……」出奇地滕子謙沒有反駁。「可是，既然有其他玩家曾經與你兒子的遊戲角色會面交談，我只是想來求證一下，究竟傳言中的『相連人』到底……」

梁太太倏地打斷他的話：「你鬧夠了沒有！你又不是我們的誰！我兒子的事才輪不到你管！」

夏暖一直待在旁邊沒張聲，但綜觀梁太太的應對，她相信對方應該早已聽說過有關相連人的事情。

滕子謙依舊保持不卑不亢的態度：「我們的確不是誰，只是出於一片好心，想弄清楚究竟發生甚麼事。雖然德南目前昏迷不醒，但既然有人聲稱見過他的遊戲角色在活動。就算看上來有多荒誕也好，梁太太妳就不願意嘗試一下有可能了解事情的方法嗎？」

好像有點做過頭了，這樣逼迫對方真的好嗎？夏暖不禁在旁拉一拉滕子謙的衣袖。

「醫生……就連醫生都說束手無策了！憑你……憑你們！又可以做到甚麼！」梁太太按捺不住心頭的悲痛。

「我們可能根本做不到甚麼，我也不會放大話說是來拯救妳的兒子，但我只是不願意放棄任何一個尋求真相的可能性，不甘心就此順從眼前的現實。」

面對莫名其妙陷入昏迷的兒子，繼而聽說「相連人」這種荒誕不堪的傳言，梁太太內心早已亂成一團。像滕子謙一樣試圖想去求證的念頭，梁太太並非沒有，但她的潛意識中還是在懼怕。就算遊戲中那個角色的意識確實是自己的兒子，面對如同科幻小說橋段才會發生的遭遇，自己又可以做到甚麼？明知兒子的意識迷失於虛擬世界，但自己卻無法拯救，這豈不是更痛苦的事嗎？因此梁太太選擇了以自詡理性的想法忽視相連人的傳言，以消極的態度面對昏迷的兒子，期望他有朝一天會醒來，證實根本沒有所謂相連人的存在。

「我也不想給妳假的希望，只是如果為了害怕失望而不抱持希望，我做不到。不論是真是假也好，是希望是絕望也好，我們也要面對真相。」

夏暖心想滕子謙準是看穿了梁太太逃避現實的取態，才不斷迫使她嘗試勇敢面對。

梁太太的態度開始軟化：「你打算要怎樣做？」

滕子謙展現予人安心的笑容：「只要借用一下德南的電腦就行了。」

梁太太欠身，示意兩人進門。

「打擾了。」

夏暖和滕子謙依照梁太太指示，進入梁德南的房間，啟動電腦。

夏暖見梁太太並沒有跟隨進房間，輕聲對滕子謙說：「滕同學，如果最終沒法說服梁太太，你打算怎麼辦？」

「暖，我都說喊我子謙便行了，妳到底有沒有記著我的話？」

「我只是一時忘記了。」

「因為妳沒用心記著。」

「也不只是你的事。」

「這話只是說明妳沒有用心對待身邊的人，可不能成為推搪的藉口。」

「我一向都很善忘。」

「又是這樣……那妳跟梁太太的想法沒甚麼差別啊。」

「梁太太的甚麼想法？」雖然夏暖大概猜到滕子謙所指，但仍下意識地開口問。

滕子謙沒回應她的問題，逕自操作梁德南的電腦，準備登入至虛擬相連遊戲內。

「果然如此啊……」滕子謙指著電腦螢幕。

梁德南所使用的遊戲角色名叫「南」，登入遊戲時需要輸入帳號名稱和密碼，這些資料都儲存在他的個人電腦內，這也是滕子謙刻意使用當事人電腦的原因。

滕子謙嘗試登入梁德南的帳戶。

【此用戶已經登入。】

遊戲系統發出了這樣的信息。

就算使用不同設備，遊戲玩家也不能夠同時登入同一帳戶，這表示「南」的角色現正在使用中。

滕子謙確認此事後，改用自己的帳號登入遊戲，繼而操作著他的遊戲角色紫千，開啟信息欄聯絡事先約好的遊戲玩家。

【紫千：目標現身沒有？】

【aaacoy：他到了，就在隊中。】該名遊戲玩家回應。

【紫千：請把他加入至對話群組內。】

群體信息欄新增了一名成員。

滕子謙趕快發出了信息。

【紫千：你是梁德南嗎？】

信息欄空蕩蕩的無其他玩家回應。

「怎麼回事？難道是認錯了嗎？」夏暖在旁看著問。

「不要著急，先等一會。」

滕子謙內心同樣著急，眼睛緊盯著信息欄。

【aaacoy：新加入的玩家，你的名字是梁德南嗎？】

還是沒回應。

「怎麼辦？」夏暖手心冒汗。

滕子謙思索了良久，又發出另一個信息。

【紫千：梁德南，你還需要同伴組隊闖關嗎？我可是七十九級的劍客啊！】

夏暖正納悶滕子謙在說甚麼蠢話時，卻見梁德南果然發出了回應。

【南：我要你，闖關，升級。】

雖然只是奇怪的斷言片語，但看到對方發出回應，夏暖不禁緊張起來。

【紫千：你真的是梁德南？】滕子謙確認問。

【南：我是。】

【紫千：你玩遊戲很久了吧？要不要先休息一下？現在有點晚了，不如我再約你一個時間去闖關？】

【南：不行，不可，要升級，還不夠。】

梁德南的信息還是一樣的斷語。

夏暖疑道：「莫非真的如傳言所說，相連人根本不知道自己目前的狀態？」

「不，其實現在還未可完全確定。」滕子謙別過頭，向一直佇立在房間外的梁太太問：「我們正與德南的遊戲角色對話，有沒有一些只有德南才會知道的事情，可以立即讓我們確定對方的身分？」

夏暖這才恍然大悟，要證實相連人的存在，首先要百分之一百確定眼前這個遊戲角色，的確是目前處於昏迷狀態的梁德南本人。要撇除有人偽冒玩家進行惡作劇的可能，最直截了當的方法就是要當事人說出只有他知道的資訊，這才是滕子謙特意前來相連人的家的目的。

梁太太閉目靜默了一會，隨後才緩緩說：「德南，你還記得今年第一次考試你考了全班第三名，然後你答應過媽媽甚麼？」

滕子謙迅速鍵入信息。

【紫千：梁德南，你先回答我的問題！你在第一次考試時考了第三名吧？然後你答應了媽媽甚麼？】

信息欄靜止不動了好一會兒，夏暖和滕子謙眼也不眨緊盯著螢幕。

房間內寂靜得連各人的呼吸聲都清晰可聞。

信息欄半秒間忽地冒出一連串的信息。

【南：媽媽，媽媽，對不起，我太沒用了。考試考得不好，明明說過下次會努力考上第一名，結果卻還是做不到！】

【南：你說得對！我根本就是個窩囊廢！就連玩遊戲都沒別人那麼棒，我沒用我沒用我沒用！】

【南：媽媽！對不起！我不配做妳的兒子！】

滕子謙與夏暖面面相覷，不知怎樣回應。

「他真的是德南……」梁太太站到兩人身後，眼泛淚光。

如果真正的梁德南現在仍然躺在醫院內昏迷未醒。

如果眼前網絡上與他們對話的真的是梁德南。

兩個狀況連結上來，只會推向一個事實。

相連人，是真的存在。

縱然事實擺在眼前，但心頭劇震的夏暖仍然覺得欠缺真實感。就算一直早有心理預期，人還是沒法一下子去相信一些超出固有概念和想像的事物。

【紫千：梁德南，不要繼續玩遊戲了，你的母親很關心你呢。】

滕子謙繼續回應。

【南：不行。】

【南：沒法子。】

【南：做不到。】

梁德南的回應開始間斷。

梁太太抓住滕子謙的肩膀說：「替我向德南說對不起，是媽媽錯了！」

滕子謙續又輸入信息。

【紫千：梁德南，你聽我說，你現在嘗試登出遊戲。】

刻意不用祈使句也是經過考量，不讓對方作多餘考慮。

【南：沒有。】

【南：沒這選項。】

【南：找不到。】

以線內模式登入虛擬相連遊戲，人就如置身一個虛擬空間內，遊戲選項會以半透明狀態浮現在玩家眼前，操作介面與面對電腦螢幕無異。成為了相連人的梁德南眼前的景象到底是怎樣，才會令他無法脫離遊戲？

另一個玩家忽然向滕子謙傳來一個私人信息。

【aaacoy：發生甚麼回事？為何他會從好友名單上消失了？】

怎麼會這樣？在群體信息欄中，梁德南的角色名字還好好存在。

滕子謙心頭一慄，特意啟動遊戲中的搜尋用戶介面，輸入梁德南的帳號。

【沒有此用戶。】

系統發出錯誤音效。

【紫千：梁德南！你還在嗎？快點回應我！】

滕子謙有種不祥預感。

【南：我。】

【南：已經。】

【南：沒。】

滕子謙喃喃道：「真的如想像中那樣是處於意識迷糊的狀態嗎？」

縱然明知於事無補，但梁太太仍然對著電腦螢幕叫喊著：「德南！對不起！都是我的錯！我不應該事事對你那麼高要求！其實你一直都做得很好！一切是媽媽的錯！」

【南：媽媽。】

【南：對。】

【南：不起。】

彷如梁太太的話真的傳達到遊戲世界內，梁德南的回應如同超越空間般與母親對話。

滕子謙飛快地代梁太太發出信息。

【紫千：德南，媽媽並沒有怪責你，你一直都是媽媽心中最棒的兒子！】

【南：謝謝，媽媽。】

這段信息過後，梁德南的角色退出了群體信息欄。

「這是甚麼回事？」

「不知道。」滕子謙縱是沉痛，但仍刻意以平靜的口吻說。

「是嗎。」梁太太亦以淡淡的語氣說。

彼此沉默了良久，滕子謙站起身來，向夏暖打了個手勢示意：「抱歉打擾了這麼久，我們要離開了。」

梁太太仍站立在電腦前，視線緊盯著電腦螢幕。

「其實，我還是不怎麼相信剛才那個是我的兒子。」

大出夏暖意料，滕子謙和應道：「也對呢，完全沒法子證明，相連人甚麼的，說上來還真的很無稽。」

「不送了，離開時請關門。」梁太太背對著兩人說。

「我會的了，再見。」滕子謙朝梁太太的背影鞠躬道。

離開梁德南的家後，走到街上，滕子謙一直默不作聲，夏暖也識趣地保持沉默。

「暖，妳要回家了嗎？」步行至街角的十字路口，滕子謙才問。

「剛才那個……真的不是梁德南嗎？」

「以目前所知的事實，只能說是灰白。」

「灰白？」

「相連人，大概是真的存在的，雖然還不是毫無爭議空間。」

「那為甚麼你會認同梁太太的話？」夏暖一直很在意。

「對於梁太太來說，選擇不相信，也是她最後的救命稻草了。」

「你果然只是在迎合她的話嗎？」夏暖也從他們的對話料到一二。

「我想梁太太也心知肚明，只是選擇自我欺騙，保存希望。變成相連人的梁德南，應該已經消失在世上了。」

「對梁太太來說，這樣真的好嗎？」

「不過，我會繼續請其他玩家留意，說不定他會再次出現的。」

夏暖卻預感這是不可能的了。據說成為相連人的殘餘意識，只會保留在遊戲世界一段時間，假如連這最後的意識也殆盡，便會從此消失。

夏暖試圖安慰說：「其實你與他素未謀面，互不相識，而且事情也非我們能控制，你不必過於介懷。」

「暖，妳是那種覺得付出了就要有回報的人嗎？」

夏暖冷不防滕子謙有此一問，雖然想否認，但又沒法否定自己確是抱持這種想法。

「我換一個說法，妳是認為別人付出甚麼，背後就是想要謀求甚麼的吧？」

這點更是直接道出夏暖的心底話。

「這樣子對彼此都很公平，不是嗎？」

「說公平的話，我也相信，也期望是這樣。人付出了就應該有回報，所以我也一直希望好人會有好報，努力必有成果，堅持便能勝利！」

這是哪門子的熱血笨蛋執念！

「可是，現實中卻往往不是如此吧？」

「對啊，所以暖便認為既然沒有相應的回報，那就寧願甚麼都不付出。」

「但如果不問回報盲目付出的話，不就會被別人當成……」

滕子謙代她接上去說：「成了人家常說的——笨蛋是吧？」

夏暖確是這樣想。

「我知道，也因此吃過不少苦頭了，但就算給殘酷和絕望的現實摧殘多少次，信念就是信念，丁點也不會動搖，因為這才是我嘛！」

「你太好人，會很容易受傷的。」

「受傷了又如何？就算真的受到傷害，也不代表我的想法是錯誤的。」

預期沒法得到想要的東西，因此寧願不去付出不去爭取。夏暖一直不願意去相信別人，就是害怕自己會受傷害。可笑的鴕鳥政策，把自己埋進土中，不與別人交心，為求不在人際關係的相處中受傷。

「我確是為自己的無能為力而心有不甘，可不是因為付出了努力但沒有任何結果而覺得白費勁。」

「對梁太太來說，這樣真的好嗎？」夏暖不禁重複問。「不想受傷其實是人之常情，逃避也不失為一種讓自己好過一點的做法，為甚麼非得要弄得自己傷痕累累？」

滕子謙露出一絲苦笑：「這種說法真有暖的風格。」

「怎麼我覺得你是在損我。」

過去自己所碰的釘傷得太重了，不想承受多一次傷害，逃避有可能出現的另一次傷害，夏暖認為這只是為了保護自己。

「也不然，雖然不太同意，但卻沒法反駁。」

夏暖不難看出，滕子謙的神情顯得有點落寞。

「正如暖所說，假如逃避也能得到幸福的話，確實不用強求自己太多。」

「我……要回去了。」

「嗯，我送妳吧。」

「不用了，這裏離我家不遠。」

「要的，就當是陪我散步吧。」

「散步？」夏暖露出淺笑。

「對啊，我很喜歡散步的。」滕子謙嘴角復又泛起笑容。「而且可以和暖一起散步，我會很高興的。」

那麼溫柔燦爛的笑臉是甚麼回事？夏暖從沒看過有人在她面前露出這種滿足的表情。

「和我……散步有甚麼好？」夏暖不禁低語。

「因為我很享受和暖一起的時間。」滕子謙毫不含糊的說。「而且，原來我們早就在虛擬相連中結識，證明我們確是挺有緣的。」

夏暖內心登時如小鹿亂撞，過去滕子謙已經不止一次作出這種曖昧不明的發言，但論震撼程度是比平常閱讀手機文字信息為大。

幸好現在是晚上，在昏黃的街燈的映照下，滕子謙應該不會發現自己已害羞得雙頰泛紅。晚風漸冷，可是夏暖的臉還在發燙。

「對了，拜暖所賜，我想到一個好點子了。」兩人步行回到夏暖家樓下，滕子謙靈機一觸的說。

「甚麼點子？」

「就是班會活動，妳把這正事都忘光光了嗎？」

夏暖自問沒把這事放在心上。

「你想到要辦甚麼活動了嗎？」

「初步有個想法，明天放學後再談談。」

「好吧。」

滕子謙朝夏暖揚起手：「那麼，再見了。」

夏暖微微點了點頭，這便轉身往大廈正門走去。

穿過大廈閘口，夏暖瞥見滕子謙仍舊站在原地，一直目送著她離開。

夏暖朝遠處的滕子謙揮揮手。

滕子謙的視線一直沒離開過夏暖，也朝她揮手示意。

直至夏暖步進升降機內，滕子謙才轉身離去。

「滕同學，你是說笑的吧？」

「暖，叫我子謙便行了，這點小事別要我再三提醒。」

「那你剛才的事是說笑的吧？」夏暖索性略去稱呼。

「不，我的樣子像是在開玩笑嗎？」

「就是不像才可怕啊。」

翌日放學後，滕子謙向夏暖解說了有關班會活動的計畫。

「這根本不可能辦到吧？牽涉的範疇這麼廣，日程又那麼吃緊。」

「可是，辦得到的話該會很有趣吧。」

「這個我不否認，但如果趕不及完成就沒意義了。」

「這點妳可以放心，我心裏大概有底。」

就是因為是滕子謙說的，夏暖才更沒法放心。

「暖，妳目前就只需要替我寫計畫書就行了，其他的交給我。」

「可是呢……」

「怎麼了？文書該是暖的專長吧？」

「不，」夏暖垂頭喪氣的說。「我還有很多功課未完成，預計這數天會忙透。」

「唔？這兩天應該沒甚麼功課吧？」

「都是以前積欠下來未完成的……」夏暖難堪的說。

「肯定就是一直拖延著沒做，積聚得愈多就更沒幹勁去做，於是陷入惡性循環愈積愈多。」滕子謙一針見血。

「我知道錯的了，這兩天唯有熬夜趕工。」

其中有部分原因正是眼前這人害的，誰叫他總是和自己聊天至半夜，害她做功課也沒法專心。

「想想就覺得辛苦。」

「那也沒法子，誰叫自己之前一直在躲懶。」

「妳很喜歡熬夜工作嗎？」

「不，超討厭。」又不是虛擬相連，徹夜做功課的後遺症往往是隨後大半天都會處於神智不清的狀態。「但可以選擇嗎？」

「事到如今可能是沒有選擇，但妳就該記著下次預見有這樣的情況時，應當立定決心去處理，不要總是拖延。」

「下次再說吧。」

「就是因為妳每次都說『下次再說』，所以才會重蹈覆轍。」

「我就是這樣，只顧現在的。」

「真是沒氣去唸妳，反正計畫書也不是最趕急的事，我先就初步計畫跟姚夏希和胡老師商討，暖妳就忙妳的吧。」

雖然是有想過讓滕子謙幫忙，但可沒想過他會做到這個份上。可是除了高興和安心之外，夏暖更是有點手足無措。

「這樣始終不太好吧，本身已是我把你拖下水，現在還讓你扛上重責。」

「沒問題的，妳不需要擔心我這邊，全力顧好妳自己的事就好了。」

【風鈴：紫千竟然是妳的同班同學，這可真是不得了的緣分！】

聽過夏暖調查相連人的經歷後，風鈴表現出莫名的興奮。

【唯缺：妳的回應不是應該放在相連人身上嗎？】

【風鈴：相連人的事放在一邊也罷，我更好奇的是妳和紫千的事情呢。】

【唯缺：我和他有甚麼好談呢……】

【風鈴：他可是暖少有的朋友，我當然希望你們可以好好發展呢。】

【唯缺：我覺得鈴想得太多和太快了。】

【風鈴：當然，我也希望暖可以結交更多能從旁幫助妳的

朋友呢。】

【唯缺：鈴，妳就是我重要的好朋友啊。】

【風鈴：難道班上真的一個值得交朋友的同學也沒有嗎？】

【唯缺：我不知道，因為真的還不熟稔。】

【風鈴：聽紫千說，好像有個挺不錯的女生，名字是叫夏希來著？】

夏暖愕然，想不到滕子謙還會與風鈴聊到班上同學的事。

【唯缺：她名叫姚夏希，是我班的班長。】

【風鈴：暖也可試著和她交朋友啊。】

【唯缺：朋友不一定多就是好，我有鈴在我身邊，已經很滿足。】

【風鈴：就算我這個朋友永遠沒法和妳見面，暖也不介意嗎？】

【唯缺：我不明白。】

觸及這個話題，夏暖登時鼻子酸酸的。

【唯缺：我不懂為何鈴始終不願意和我見面。】

風鈴不止是在網上遊戲中一同闖關的同伴，也是夏暖重要的朋友。夏暖曾向風鈴提出交換手機電話號碼，甚至希望想要見面，但風鈴都一一婉拒。更甚的，是風鈴從沒使用過語音通訊，夏暖就連她的聲音也沒聽過。

【風鈴：暖，妳日後便會明白的了。】

【唯缺：鈴，妳就打算繼續把這個問題拖延下去嗎？】

夏暖少有地表露出責難。

【風鈴：暖，說到想見面的心情，其實我和妳一樣，可是

我始終身不由己。】

夏暖深知再糾纏下去也不會有答案，只得繼續相信風鈴確有苦衷。

這時手機卻傳來滕子謙的信息。

「暖，明天我放學後有點事辦，請妳代我向夏希解釋之前的計畫。抱歉，我會補償妳的。」

這時機真的配合得……太糟了。

「姚……姚同學。」

雖然在腦海中排練了數次，但夏暖開口時仍然顯得笨拙。

「嗯，滕同學跟我說了，坐下來吧。」

姚夏希表現落落大方，按理會讓人安心與舒適，可是放諸夏暖身上，卻仍舊構成不得了的壓力。

「夏暖同學？」

「唔？」

「妳在發呆嗎？」

「不……」

夏暖確是在發呆，頭腦一片空白。

對了，要說甚麼呢……只不過就是把之前和滕子謙商議的事情轉述一遍……對對對，夏暖，妳可以做得到的。

自我激勵的結果，就是夏暖在誠惶誠恐的綳緊情緒下，把原本要解說的內容再行刪節省略並以近乎凌亂欠組織的表達方式說完。

「其實……」姚夏希放緩了語調。「夏暖同學妳不必那麼拘謹的。」

「對、對不起！」

衝口而出地道歉了。

「沒甚麼值得道歉的，」姚夏希淡淡說。「基本的計畫滕同學已對我解釋過了，本來妳就只需要補充一下妳跟進的部分便行。」

已經解釋過了？那麼究竟迫著要我和姚夏希單打獨鬥會議是怎麼的一回事？

「對啊，」姚夏希的笑聲清脆悅耳。「所以滕同學只是特別交帶要我留意妳有沒有逃跑就行了。」

「那個討厭的傢伙……」

夏暖一時忘形地罵了出口。

姚夏希嗤笑一聲：「夏暖同學的反應還真有趣，最有趣的是竟然全給滕同學猜對了。」

不要讚賞那種只懂玩弄別人取樂的混蛋啊。

這時商心悠跑進教室來，甫看見兩人即嚷：「夏希啊，可以走了沒有？人家等妳很久了。」

姚夏希對攬抱上來的商心悠似是習以為常，以柔和的聲線說：「心悠，妳在旁邊等一下，我要晚一點才來陪妳。」

姚夏希一臉慈藹溫柔的安撫著商心悠，夏暖可真沒料過原來她也會露出這樣的表情。夏暖一直認識的姚夏希，都是在師長面前恭敬有禮，在同學之中大方得體的模範生刻板形象。

「夏暖同學，我可不知道在妳心目中，我的角色定型到這樣的一個地步，這會否只是妳的偏見？」

咦？這段好像完全看穿自己思想的發言是怎麼一回事？

姚夏希沒待夏暖回應，逕自說下去：「夏暖同學對我認識不深，就算真的有偏見我也不該怪妳，可是妳就沒打算了解一下真正的我嗎？」

哎？姚夏希的發言根本像極了某人的口吻。

「唔……這些話……不會都是滕子謙教妳說的吧？」夏暖狐疑道。

「這話聽上來很失禮呢。」

姚夏希皺起眉頭，讓夏暖不禁慄然。

「不過妳猜對了。」

姚夏希隨又輕輕鼓掌，展現歡顏。

夏暖暗地握緊拳頭。

「夏暖同學，如果讓不知情的人來看，說不定會以為妳很討厭我呢。」

「哎？我？我……哪有……」

「我剛才就說了，就是『讓不知情的人來看』的話，可能會有這種想法。」

「我……我不知道……」

「雖然由自己來說未必有說服力，但我可不認為自己是個難相處的人呢。」

「哦？」

「夏暖同學，妳只需要把我當成其他普通同班同學一樣就行了。」

「好、好……我會的。」

妳可是姚夏希，校內出名的優等生，與普通二字根本扯不上邊吧。

夏暖嘴上的回應和內心想的全然對不上。

「夏暖同學，對於我們這些普通人，妳可以稍微卸下防衛的。」姚夏希直白的說。

「對，難道妳怕我們會吃了妳嗎？」商心悠笑嘻嘻的說。

「我……我不知道……」

夏暖不自覺採取了沒有任何含義在內的回應。

姚夏希緩緩說：「喜歡和討厭，兩者各走極端，可是既不喜歡也不討厭，很容易予人誤解，認為妳拒絕了解和交流。假如對象是我的話，我就寧可妳討厭我了。」

「我、我沒有這樣說……」夏暖急忙否認。

「既然沒有討厭，那我就當作夏暖同學是偏向喜歡我這一邊吧。」姚夏希露出一副奸計得逞的表情。「我也很喜歡妳呢，夏暖同學。」

咦？夏暖覺得自己好像被下套了。

夏暖不禁把視線從親密靠攏著姚夏希和商心悠移開。這樣直白地向女孩子說喜歡甚麼的，姚夏希不會是有「那種傾向」的吧？

「我知道妳現在在想甚麼啊，夏暖同學。」姚夏希嬌笑說。「不過，相比澄清這個有趣的誤會，我還有另一個重要任務呢。」

「任務？」夏暖再次心頭一慄。

「對，妳的數學功課還欠很多很多未完成吧？」

「哎？妳……妳怎會知道？」

「這一點妳應該再清楚不過的了，作為妳身邊一位親切的同學……」姚夏希半瞇著眼，嘴角上揚的笑。「把功課拿出來，讓我來好・好・指・導・妳・吧！」

啊啊啊啊呀！夏暖內心悲愴嗚叫。

滕子謙，一定是你幹的好事！

首先，一定要裝作冷漠和生氣，不可以每事都讓滕子謙牽著鼻子走。從離開家門到返抵學校，夏暖內心不斷默唸著提醒自己。踏入教室，夏暖刻意不望向滕子謙座位的方向，逕自坐到自己的座位上。

好，夏暖暗暗吸了一口氣，到目前為止還算不錯。

滕子謙一向很早到校，所以他肯定目睹自己進入教室。

接下來，就是滕子謙向自己搭話時，絕對不可以動搖。

「嗨，暖！」滕子謙如往常一樣亮出開朗的笑臉。「為慶祝暖把功課做完，加上計畫書也交了，我們該去慶祝一下呢！我看中一家餐廳想嘗試很久了！」

我做完功課與你有何關係？

為甚麼我偏要和你去慶祝？

為何挑餐廳的是你不是我？

夏暖內心在吶喊。

「啊？唔……好吧。」

我到底在說甚麼啊！

究竟是自己的意志如平常一樣薄弱，還是眼前的人根本叫她無法動氣。

「明天是星期五，那我們晚上一同去吃飯吧！」

不知是否錯覺，夏暖發現滕子謙一直使用的都是陳述句而非疑問句。

「唔……應該沒問題的……好吧。」

夏暖，妳真是沒用呢，連裝酷也裝不了。

夏暖還瞥見，在教室另一邊和其他同學說笑的姚夏希，彷彿把自己剛才的窩囊全看在眼內的朝她亮出了微笑。

這……算是約會嗎？

從裝扮到出門期間，夏暖一直在腦海中重複著這樣的疑問。她甚至想過藉口說突然身體不適放他鴿子，但她其實亦不想錯過這二人獨處的機會。因為，她內心有一個疑問，實在很想當面問清楚。

夏暖踏出大樓閘口，滕子謙早就在外等候。

「暖！」滕子謙如常展露開朗的笑臉。

「要到哪裏去？」

「跟我來就行了。」滕子謙卻故作神祕。

兩人坐公車到鄰區，夏暖在車上坐下後，刻意掏出耳機來聽音樂。

滕子謙也沒作聲，靜靜地坐在她身邊。

夏暖始終還是不太習慣這樣子兩人獨處，而且也不知該找甚麼話題，為了掩飾自己的尷尬，唯有藉著聽音樂逃避對話。

滕子謙帶她去的，是一家位於住宅區的小型餐廳。甫踏進餐廳，她已覺得這裏的裝潢和陳設都很對自己口味，簡約得來有種溫暖的感覺。

「隨便想吃甚麼也可以，這一頓我作東。」

「這樣子不好吧？」夏暖遲疑的說。特別是看在過去滕子謙幫助自己那麼多的份上，她本來還準備請客的。

「不用客氣，暖這段日子來都很努力，這是鼓勵，也是獎勵。」

「我……我還有很多功課沒做呢……」

「我們來開開心心品嚐美食，就別提功課好了。」

「那也是的。」

兩人各自點了晚餐，滕子謙率先強調：「這家餐廳的特色是附送的甜品也很好吃呢。」

「你喜歡吃甜品嗎？」

「喜歡啊。」

「不是那麼多男生喜歡吃甜品呢。」

「是嗎，只是碰巧妳過去沒遇到吧。」滕子謙頓了一頓，又說：「就像過去暖一直覺得身邊的人都與自己合不來，其實只是還沒遇上合得來的人，又或是還沒了解身邊那些和自己合得來的人吧。」

「也許是吧。」夏暖一貫地不置可否。

「就例如說夏希，我就不明白妳為何對她總是避之則吉。」

「我只是有點害怕面對她。」

「夏希只不過是死腦筋了一點，慢慢妳便會找到跟她好好相處的方法了。」滕子謙也許認為，夏暖只不過是不擅與別人相處。但在夏暖眼中，反而是因為姚夏希實在太亮眼了，自己待在她身邊只會自慚形穢。

「其實我一直很奇怪，為甚麼你總是替她說好話？」

「因為夏希的人很好嘛。」

而且夏暖也發現，滕子謙不知從何時開始亦已直呼夏希的名字。

總覺得有點不是味兒。

「暖，妳不同意嗎？」

「同意，可是有時面對她，少不免會有點壓力呢。」

「其實妳是有點妒忌吧？」滕子謙又露出那種看穿一切的眼神。「妳應該有想過希望自己能成為像她一樣的人嗎？」

「是有想過，但同時也無法想像那樣的自己。」夏暖坦言。

「因為她做了妳做不到的事。」

「這個當然，我知道自己及不上姚夏希，做任何事也好，我都覺得自己很努力所做出來的東西，都及不上別人輕而易舉地做到的事。」

「暖，能力這回事確有偏差，但妳也不應該否定自己，一個人只需要做到自己做得到的事情，每一個人的價值都是無法被取代的。」

「不過，我不認為我是在妒忌。當一個人自以為是地認為自己也能做得像對方一樣好的時候才會妒忌，但她與我根本相距如雲泥，根本談不上能妒忌。」

「暖這樣說會否過分貶低自己呢？換一個詞彙說，或許這是羨慕。」

「也許吧，但安於現狀也不錯。」

「就我的觀察，現在的暖比當初認識的時間好得多了。」

「是嗎？並沒差吧。」夏暖口裏否認。

如果真的要比較的話，如今的自己可說比之前好太多了。

「這是妳人生的重要課題，究竟是甚麼原因讓自己產生正面的改變，然後就設法抓住這個源頭，因為這就是妳的幸福根源所在。」

幸福，自己是從何時開始感到自己也有丁點幸福呢？不容易具體追溯，也沒法肯定是否單一的原因。

勉強要說的話，應該是從遇上你開始吧。

這種話叫夏暖怎樣向他說出口呢。

唯一讓夏暖確定無誤的心情，就是她和滕子謙一起很快樂。聊天也好散步也好做功課也好，他也會給予自己源源不絕的力量。

「不管如何，妳也應該由喜歡自己開始。喜歡那個經常臨急抱佛腳的自己，喜歡那個會為自己沒恆心而苦惱的自己，喜歡那個會覺得自己做得不夠好的自己，因為那全都是真實的妳。」

滕子謙一股勁的說完。

「最重要的是，妳要先喜歡上自己，才會討人喜歡的。」

我真的是個值得讓人喜歡的人嗎？這麼懦弱又膽小的自己，真的討人喜歡嗎？

晚餐很好吃，甜品很好吃，和滕子謙一直聊天很高興，夏暖懷著滿足的心準備坐公車回家。

雖然並不同路，但滕子謙卻像是理所當然一樣的說：「讓我送妳回家吧。」

「唔……」雖然內心很高興，但夏暖口裏卻說：「不用了吧，下車站旁邊就是我家了，而且也很安全。」

「也不全是因為擔憂危險甚麼的，」滕子謙卻不為所動。「重點是因為我是紳士，送女孩子回家是天經地義的。」

夏暖失聲笑：「紳士甚麼的，虧你能那麼厚臉皮地說出口。」

但是，夏暖的內心卻是暖暖的。

候車期間，夏暖不禁主動問：「其實有件事我想問你很久了，為甚麼你會待我這麼好？」

「哦，是嗎。」滕子謙卻一副裝傻的樣子，不正眼看她。

「你對人突如其來的好，實在很讓人懷疑吧？」夏暖又追問。

「又來這一套嗎，風鈴也唸過妳很多次吧？如果有人對自己好，最先的反應不是應該感恩嗎？怎麼反過來是懷疑別人另有企圖呢？暖妳還是學不會相信別人呢。」

滕子謙這次不作迴避，反過來凝視著她。

「妳不相信在這個世界上，真的有人可以無條件地對妳好嗎？」

夏暖並非不相信，而是不敢相信自己有這樣的好運。除了風鈴之外，滕子謙是第二個對自己那麼好的人。不過，滕子謙喋喋不休的樣子卻像是在掩飾一樣。就算夏暖承認自己的疑心比一般人重，但滕子謙對她的照顧，也明顯超出了普通朋友的界限吧？

「我這個人就是對人親切到沒話說，難道這也不行嗎？」

真的嗎？難道他對每一個人都是如此嗎？如果遇上了其他投契的人，他也會作出一樣的行為嗎？不論是肯定或否定的答案，夏暖知道自己也無法舒懷。一方面很希望自己成為他特別的存在，卻又不明所以，自己哪會有這種福分呢？最初夏暖的確曾為滕子謙出頭，難道他是會為了這一丁點小恩惠而湧泉相報的人？還是真的如他所說，他只是習慣地待人親切的嗎？

可是，如果他對所有人都是一樣的話，那麼自己……自己其實和其他人沒有分別嗎？他待我也根本只如其他人一樣嗎？

這樣想又好像是自我意識過剩。而且假如真相是這樣的話，夏暖卻只會反過來失落。

「但是，換了是你的話，你也會覺得奇怪吧？」夏暖反問。

滕子謙只是笑而不答。

按照夏暖一貫的思考模式，難道他背後真的有甚麼目的和企圖嗎？

還是單純的是，因為我？

滕子謙總是顧左右而言他，從剛才起就迴避問題。

大概是看出夏暖顯然對這個答案沒法釋懷，滕子謙猶豫了良久，終又模稜兩可地回答：「我想，這可能是一種幸運吧。」

幸運，對誰？

對我？

還是對他自己？

我有時真的弄不清楚他的想法。

「但我確實要向你道謝，這段日子來你幫我實在太多了。」

「不過，我是不能夠永遠都這樣看顧妳的。」

滕子謙這刻卻露出了略帶哀傷的笑容。

「為甚麼這樣說？」

「這是現實，暖，妳終有一天可以獨立振翅高飛的。」

真的會有這一天嗎？

「不過，如今妳羽翼未長，暫時就由我來保護妳吧。」

暫時？是指終有一天這種美好的日子會完結的嗎？夏暖不禁內心一沉，遇上滕子謙要算是她生命中的一個奇蹟，但如果說這種幸福是有盡頭的話，她是否相信自己可以再經得起失去的痛苦呢？

寧可未曾得到過，也不想承受失去的痛苦。

單是冒起這念頭也自覺自己很不中用。

「暖，妳在想甚麼呢？」

「沒，我沒有在想甚麼。」

滕子謙微微搖頭：「暖，我知道妳並不習慣表達內心的所思所感，妳不是沒有想法，只是沒有說出口罷了。不論是待人，還是對待自己，我都希望妳可以坦率一點。」

「對你……已經很坦率的了。」夏暖幽幽的低語。

「暖，我明白的，妳只是介懷和在乎別人感受，顧慮自己會否傷害了人，擔憂自己會顯得失禮，害怕自己會惹人討厭。還有更多更多的原因，妳選擇不表達自己的感受。本身的出發點是好，但這便造就了妳這種不願意表露感情的習慣。」

滕子謙輕輕牽起夏暖的手。

她的纖指感受著他手心散發的溫暖，彷彿亦同時傳達著他的情感。

「喜歡和討厭，一定要說出口。特別是將來如果妳討厭我的話，記得要告訴我。」

你，又哪有給我討厭的理由呢？

這雙溫暖的手。

總是溫柔的鼓勵著自己。

不問條件地支持著自己。

好想，好想更多的了解你。

好想，好想繼續看著你為我動氣。

好想，好想這樣的日子能持續到永遠。

可是，在這濃厚的情感背後，夏暖內心同時湧現的，還有如同黑夜迷霧般的不安。

夏暖連線到虛擬相連，並沒有約其他玩家闖關，反而到個人城堡去找風鈴聊天。

【唯缺：鈴，我有事想問妳。】

【風鈴：嗯。】

【唯缺：妳有交過男朋友嗎？】

夏暖單刀直入的問。

【風鈴：怎麼了，妳和紫千終於開始交往了嗎？】

【唯缺：還沒有啦！】

【風鈴：還沒有，是快要開始的意思嗎？】

【唯缺：我也不知道。】

輸入文字回應的同時，夏暖也喃喃地說出了相同的話。

【唯缺：我真的不知道這是一種怎麼的感覺。明明沒認識很久，他卻很懂得我的心，說起來就好像鈴妳一樣。他又不知為何總是知道我喜歡甚麼，待我也很好，但這到底是否算是喜歡呢？】

【風鈴：這問題我可不能代妳回答，因為答案其實已經在妳心中了。】

【唯缺：可是我又不知道他是怎麼想的。】

【風鈴：妳是希望知道對方的心意，還是想讓他知道妳的心意呢？】

風鈴如同嘲弄般的反問。

【唯缺：總覺得若由我先說出口的話，會很丟人的。】

這種想法連夏暖也自覺十分窩囊。

【風鈴：那我直接的問妳，妳喜歡紫千嗎？】

【唯缺：我不知道，但假如繼續相處下去，說不定就會喜歡的了。】

這麼難得才遇上這樣的人，夏暖還真的不想錯過。

【風鈴：說交往也許言之尚早，但至少妳可以嘗試向他倘開心霏，好好相處吧。】

【唯缺：鈴，妳覺得他怎樣？】

【風鈴：很好啊。】

【唯缺：妳也這樣認為啊。】

【風鈴：我看人可是很準的，紫千是個好人，我可以寫包票。】

說起來風鈴比夏暖更早在遊戲中認識滕子謙，不過始終是在遊戲世界內的交往，滕子謙和風鈴在這之前究竟是經歷了甚麼，才讓風鈴這麼信任他呢？

【風鈴：暖，我很高興妳與我分享。作為參考，我也不妨告訴妳我過去的經歷，希望妳以此為誡。曾經我遇上一個對我很好的人，但我總是遲疑不決，害怕受傷害，也害怕不成熟的自己會傷害別人，於是一直拖拖拉拉，不敢行出半步。結果到我真正察覺自己心情的時候，已經追悔莫及了。】

真沒想過平日思想成熟灑脫的風鈴也有過這樣的內心掙扎。

【唯缺：對方已經交了女朋友？】

【風鈴：也不盡然，是我當時已經沒法子再和他一起了。】

【唯缺：為甚麼？】

【風鈴：這一點很難向妳解釋，只是如今我只能遠遠的看著他，期望他可以得到幸福，對我來說這樣已經很足夠了。】

【唯缺：鈴，妳很偉大。】

【風鈴：不，我只是無可奈何，沒有回頭選擇的權利。】

雖然只是文字信息，但夏暖還是能感受到風鈴話中那淡淡的憂傷。

【風鈴：可是，暖現在還可以選擇怎樣過妳的人生。我的故事給予妳的教訓是，好好珍惜在身邊守護妳的人吧！】

如果滕子謙對自己有意思，自己是否有勇氣與他試著交往看看？連交友也會苦惱不安的自己，能夠承擔得起一段戀愛關係嗎？

夏暖，妳能相信戀愛嗎？

自己的父母就是一個好例子。像是一個從一開始便錯誤的結合，而自己只是這個錯誤之下的副產物。

也許每個人都喜歡戀愛這種感覺，卻同時討厭受傷害。

既喜歡，又討厭。

第三章：珍惜與捨棄

「暖，要起床上學了。」

江阿姨在房門外拍門道。

夏暖雖然不算是個勤勞到家的學生，但上學自理等從來不會讓江阿姨操心。背後理由除了是夏暖從小已習慣自律和獨立外，還有就是不願意向江阿姨示弱的不服輸個性。

不過，病痛這回事，可不是憑夏暖個人的意志就可以克服的。

「江阿姨……」夏暖勉力喊了一聲，聲線弱得連她也不相信江阿姨能聽到。

升上高中後，夏暖曾向江阿姨強調，沒她准許不可以擅自進入房間，就算是房內打掃等夏暖都會自行處理。

江阿姨想是察覺事有不妥，進而敲了幾下門。

「暖，我進來了！」

江阿姨推門內進，只見夏暖軟弱地躺在牀上。

江阿姨上前把手按住夏暖額角：「頭很燙，想是生病了吧。」

「嗯。」夏暖微睜開眼，微微點頭。

「我替妳向學校告假好了，妳先休息一下。」

「嗯……」夏暖應了一聲，復又閉上眼睛。

腦子沉沉的，夏暖很快重新進入夢鄉。

「叮鈴叮鈴……」

意識朦朧間，夏暖耳際好像響起了風鈴叮叮響的聲音。

還躺在睡牀上的夏暖，微微睜開眼，把視線投向房間的窗邊。

窗戶被窗簾蓋著，只隱約透出光線。

曾經，窗邊掛著一個風鈴。

無論是在做功課、在看書、在睡覺，只要敞開窗戶，風鈴會隨著外頭吹進的微風發出叮鈴聲響。只要聽著那輕柔卻清脆的風鈴聲，夏暖便能放鬆心神。

明明如今那個風鈴已經不在了，但夏暖總覺得好像還聽得見記憶中那讓自己安心的風鈴聲。

可以暫時忘卻各種苦惱，安心地投入夢鄉。

特別是只有夢境，她才有機會再重遇記憶中的某些人、某些事。

對她來說一看便能舒懷的笑容。

對她來說乍聽就能安心的鈴聲。

但夢境再美，總是要醒來的。

夏暖從迷糊中醒來，瞥見房門半開，卻全身乏力，丁點也不想下牀去。

「江阿姨……」夏暖喊了一聲。

「甚麼事了？」

隨著夏暖的呼喊，一人隨即現身於門外問。

「為甚麼你會在這裏啊！」察覺來人是誰後，夏暖雙眼忽地睜得老大，並伸手把被蓋過半張臉。

滕子謙亮出一種因為成功嚇到人而自鳴得意的招牌笑容說：「我是來探病的啊。」

「江阿姨呢？為甚麼她會准許你進來的？」

眼前這個嬉皮笑臉的傢伙，就算他向江阿姨自稱是自己的朋友，江阿姨大概也不會放行吧。

「暖的姨姨嗎……」滕子謙搔搔頭。「我倒沒看見她。」

夏暖忽然覺得滕子謙正散發著一種犯罪的味道。

「暖，妳太多心了……」滕子謙嗤一聲的笑。「事情的順序是，本來是夏希上門探望妳，然後江阿姨出門去了，接著我才來到……」

「姚夏希也來了嗎？」

假如對方是出名得連江阿姨都認識的優等生姚夏希的話，倒也怪不得江阿姨會請她進門。

「對，是夏希主動提出要送功課給缺席的妳，我是隨後跟來的。我只是送過妳回大廈正門，妳又沒招待過我到家，我怎知道妳住哪。」

「那麼，姚夏希呢？待在客廳？」

「不，她放下功課後離開了。」

「哎！」

不是吧？那麼家中豈不是只有自己和滕子謙兩人嗎？貴為優等生的姚夏希應該不會沒設想到會演變成這種尷尬到不行的狀況吧？

夏暖頓時羞紅了臉，緊抓著被子的兩端，幾乎想要把臉都全蓋過。

「暖，妳的臉貌似在發燙呢？是高燒未退嗎？」

還要說！這都是你這個混蛋害的！

雖然滕子謙一直安分地站在門外，只是探頭至房間與夏暖對話，但一想到自己的病容讓他看得那麼清楚，實在害羞得不行。

緊張的思緒讓夏暖瞬間清醒了許多。

「沒事，我只要睡一下就會好的了。」夏暖勉強定下心神說。

「妳這是哪來的天然療法，生病就該去吃藥，妳是小孩子嗎？」滕子謙瞇著眼，老氣地嘆息說。

「我通常生病就是會拖很久，已經習慣了。」夏暖微微別過頭不正眼看他。

「妳就不會察覺妳生病總是拖很久的原因就是因為妳沒有好好吃藥嗎！」

「是嗎，我真的沒這樣想過。」

「不要這麼坦白承認自己是笨蛋啊！」

「笨蛋是不會感冒的，所以我應該很聰明才對。」

「還有餘力吐槽，那應該根本沒大礙了吧。」

「拿這種事當標準說上來不也很像個笨蛋嗎？」

滕子謙聳聳肩，不置可否。

過了半晌，兩人不約而同地笑了起來。

和滕子謙聊了一會，夏暖已覺精神多了，有力氣坐起身來。

「看見暖妳沒事，那我也就安心了。」

「本來就不是甚麼嚴重的事。」

「大概吧，只是可以的話還是想親眼確認。」

「有需要那麼著緊嗎？」

「因為我關心妳嘛。」滕子謙直率地說。

「是嗎。」夏暖只淡淡地回應。

夏暖腦海浮現的，也是那個已經迴旋了無數次的問題。究竟滕子謙是以怎樣的目光看自己的呢？如果只是朋友的話，他對朋友的關懷真的會做到這個地步嗎？可是，夏暖總覺得就算自己再次問出口，滕子謙也只會迴避不答。

「那我要走了。」

「嗯，不送了。」

「不用勞煩妳，我會好好關門的。」滕子謙朝夏暖揮揮手。「我看見客廳有煮好的稀飯和藥，該是妳的姨姨準備的，妳待會兒精神點就出來吃吧。」

「我會的了。」

「那我趁暖的姨姨未回來前離開好了，免得她懷疑我是甚麼可疑人物。」

原來你也有這種自覺的啊！還施施然地在聊天。

「還有啊——」滕子謙正開步離開，復又把頭探在房門外。「就算是暖現在披頭散髮的糟糕樣子，我覺得還是挺可愛的，所以妳不用介意。」

「你立即給我走！」夏暖佯裝手上有東西要丟他狀。是正常女孩子也會介意的吧？何況對象還是自己有點在意的人。如果夏暖手上真的拿著甚麼，應該會毫不猶豫地丟出去。

滕子謙的身影從門外消失後，又伸出手朝夏暖揮了揮：「再見啦，暖。」

待聽見家門關閉的聲音後，夏暖這才緩下心神，舒了一口氣。

朝牀邊鏡子的自己看了看。

還好，除了頭髮確是有點凌亂之外，倒沒有明顯的憔悴。

出去吃點東西吧。

踏出房門前，夏暖忽地又想，以滕子謙的個性，會不會裝作離開了卻又待在客廳想要嚇她一跳呢？以夏暖所認識的他，確是個會做這種惡作劇的人。

夏暖不其然躡手躡腳步出房門，緊張兮兮地來到客廳，再三確認滕子謙沒有躲在任何地方，旋又深深呼了一口氣。

幸好不在。

說來也不算是幸好。

夏暖沒法欺騙自己，她內心其實有一絲滕子謙還留在這裏的期待。察覺到自己內心想法的夏暖，就算沒人看見也覺害羞。

客廳的飯桌上有一鍋稀飯，還有一包感冒藥。

旁邊放著的練習本該就是姚夏希替她帶來的功課。夏暖翻到今天的課業，看見頁面上方以她很熟悉的潦草筆跡寫了一行字。

「暖今天病倒了，好可憐啊！祝早日康復。」

別在人家的課業上塗鴉啊。

夏暖失笑的罵，內心卻是暖暖的。

吃過稀飯，也服了藥，夏暖坐在客廳百無聊賴地看電視。

江阿姨回來了。

「暖，起來了嗎？有沒有吃藥？」

「有啊。」

「我去弄晚餐。」江阿姨步進廚房。「妳班上的姚同學來過了，妳知道嗎？」

「嗯。」既然江阿姨不知道，夏暖當然亦不會提滕子謙也來過的事。

「暖，妳先休息一下，晚餐準備好了再喊妳。」

「嗯。」夏暖關上了電視，把身子陷在沙發上動也不動。

「暖！」江阿姨又喊。

「怎麼了？」

「回房間去睡吧，不要著涼了。」

「知、道、了！」夏暖煩躁地拉長了語句的說。

「暖，妳要小心身子，好好照顧自己。」

只不過是小病痛，哪用這麼嘮叨地說這說那，是我妨礙到妳甚麼了嗎？

「行了！總之不會為妳添麻煩的！」夏暖沒好氣的說完，逕自走回房間。

夏暖不知道，為何自己在這種時刻還要賭氣。

「對了，上次其實也有點在意，妳是跟姨姨一同住？妳的父母呢？」滕子謙毫不婉轉的問。

「在回答你之前，我倒想問你一句，你不覺得在甚麼也不知道之前直接問別人這種問題，可能會讓人受傷的嗎？」

「也不是沒想過，始終家家有本難唸的經，或許暖會覺得這是說出來會難堪或傷心的事，可是我還是選擇想要多了解妳一點。」

明明是無禮地探問人家的私隱，從滕子謙口中說出來卻演變成親切的關心。就算明知這是滕子謙的言語修飾技巧，夏暖卻異常受落。

除了風鈴之外，夏暖從不曾告訴過其他人。

夏暖的父母離婚了，而且還各自找到了新的對象。她出生於這樣的一個破碎家庭，而自己就是這種不應該存在的缺陷製品。

曾經，夏暖也會痛恨父母。

但是，更不幸的還在後頭。

在離婚之後，夏暖交由母親的妹妹江曉照顧。

起初，分開的父母還有盡最基本的責任偶然去探望夏暖。徒具形式的家庭聚會，彼此說著漫無邊際的客套話，營造出破碎家庭仍然還可以存有親情這種虛偽的戲碼。

還是小孩的夏暖，也能明瞭這種交流並不具備情意。

只是在演戲。

根本就在演戲。

雙親意圖讓自己內心好過一點的演戲。

「既然沒有意義，倒不如不要見面好了！」

這樣子的父母，在夏暖心目中存在與否也無分別。

命運卻狡猾地讓夏暖一語成讖。

在一年之後的某一次會面後，夏暖的父母一同離去時遇上交通意外。一對離異的夫妻，曾經結合卻又各自捨棄對方的兩人，最後卻諷刺地死在一起。

夏暖連可以憎恨的對象都失去了。

與此同時，夏暖內心某種東西彷彿關上了。

「哦……原來這就是暖一直不願意相信別人的原因嗎？」滕子謙托著頭說。

「算是吧。」

夏暖心想你這種輕描淡寫的態度算甚麼。

「可是，這一切都已經是過去的事，現在還有江阿姨關心和照顧妳。」

「江阿姨照顧我，只是一種責任而已。」夏暖幽幽道。「因為母親本來就交託了她照顧我，其後也順理成章當了我的監護人。」

「不可以這樣想啊，暖。」滕子謙忽地正色道。「這樣想對她很不公平吧？就算不是親生的女兒，也是存有親情的。」

「表面上是親人，但跟照顧寵物一樣，倒不如說只是道義上的責任。這種親情，根本就是贗品吧！」

「妳怎可以這樣說妳的阿姨！」滕子謙不禁加重了語氣。

夏暖首次看見滕子謙的惱怒表情。

向來和善的夏暖，不知怎的卻像給牽動了某道神經，一時氣上心頭。

「你又不認識她，不曾跟她說過半句話，你又知道甚麼了！你憑甚麼總是自以為是地以為自己洞悉人心！」

滕子謙表情略為緩和，攤攤手說：「我沒有把自己想得那麼了不起。不過……」他頓了一頓，站起來把頭湊近夏暖，緊盯著她雙眼。「我希望暖明白，對此傷心痛苦的，肯定不只妳一人。」

平日總是陪著夏暖一起離開學校的滕子謙，語畢便頭也不回地走了。

這應該不算是吵架了吧？自那天之後，夏暖不禁在意滕子謙的反應來。相處和應答與平日無異，還是只是自己多心？

自從得知紫千就是滕子謙之後，夏暖幾乎每次玩虛擬相連時都會約定他一起組隊闖關。滕子謙的角色等級本來比夏暖和風鈴都高得多，最近彼此的等級距離開始接近。滕子謙推說平日較忙，若沒同伴組隊就沒意欲獨自修煉。可是夏暖卻認定他是故意放緩角色升級速度，為的就是讓她和風鈴追上來，這是也另一種層面的體貼。

原本約定好一起闖關，但卻遲遲不見滕子謙上線。

夏暖發了個手機信息探問，滕子謙很快地發出回應。

「暖，剛得知有另一個相連人個案，我準備去看看。」

夏暖這便向風鈴發出信息。

【唯缺：鈴，紫千說不闖關了，他又發現了一個相連人個案。】

【風鈴：原來如此，那暖妳還想闖關嗎？】

【唯缺：當然。】

【風鈴：妳不會想跟紫千去看看嗎？】

文字信息雖然不會顯露個人情感，但風鈴總能準確地猜中夏暖的心思。

夏暖確是有點在意相連人的事，而且她甚至明白，沒滕子謙在，她就算玩遊戲都總是心不在焉。

夏暖還未回應，風鈴又發來信息。

【風鈴：暖妳去找紫千吧，我打算離線休息了。】

深知夏暖若丟下風鈴一人會覺愧疚，風鈴肯定只是找藉口離開，好讓自己能安心去找滕子謙。

滕子謙和風鈴兩人，對她總是不著痕跡地表現出溫柔。

「我也想一起去找相連人，可以嗎？」

夏暖發出手機信息給滕子謙問。

「好啊，一起去吧。」

滕子謙爽快地答允。

兩人相約來到疑似相連人個案的家。

「你……今次有沒有甚麼特別的作戰計畫？」夏暖問。

「有。」

「請說。」

「就是……和上次一樣！」

「謝謝你的解說。」

「妳不吐槽？」

「沒興趣。」

「不抱怨？」

「反正抱怨了也沒用。」

滕子謙會意的笑。

「那行動了啊！」

滕子謙動作俐落地按下門鈴。

大門很快便開啟了，入眼的是一中年男子，想是當事人的父親。

「我們想找劉正偉。」滕子謙一貫單刀直入。

「你們是偉仔的朋友嗎？還真是很久沒朋友來找他了……那孩子，總是不肯見人。」劉先生出奇地顯得熱情好客，爽快地招呼兩人到客廳。

兩人坐下後，劉先生說了聲失陪便走到客廳盡頭一個房間門前。

「偉仔，有朋友來找你啊，出來一下好嗎？」

滕子謙和夏暖登時面面相覷，事情貌似很不對勁。假如成了相連人，不是應該已經陷入昏迷嗎？難道說由於對方一直閉門不出，連家人也懵然不知嗎？

劉先生在門前待了一會，才向兩人欠身致歉：「偉仔真失禮，難得有朋友來找他，還是不願步出房門。他就是這樣的了，總是關在房間內玩遊戲，硬是不聽人勸。」

難道是情報錯了嗎？

滕子謙試探的說：「阿偉他最近怎樣？還是一直待在房間內玩遊戲嗎？有沒有好好跟你們吃飯啊？」

劉先生回答：「謝謝你們關心，偉仔好歹晚餐時都有跟我一起吃的，只是當玩遊戲玩得興起時，就會待在房間內不理人。」

雖然很微弱，但他們還是聽得見房間內確是傳來遊戲的音效。

滕子謙順應的說：「那麼，或者我們下次再來探望他好了。」

「真是失禮，我送你們。」

劉先生禮貌地送兩人到門外，滕子謙則拉著夏暖快步跑離。

「這是怎麼一回事？對方還好端端的。」

「也許是錯認了人罷了。」滕子謙說。「我們找個地方上線去問一問吧。」

兩人走到附近設有電腦網絡連線的餐廳，一同連上虛擬相連遊戲。

滕子謙根據之前所得的資料，找到疑似成為相連人的玩家，遊戲角色名字叫「靜慧」。

「又是女孩子的名字。」夏暖納悶地說。「怎麼人人也像你一樣喜歡裝女性玩家？」

靜慧與正偉同樣是諧音。

「因為這確是很普遍的事。」

滕子謙正與其他提供資訊的玩家聯絡，想要重新確認靜慧就是劉正偉的證據。

「我認識的遊戲玩家明明說認識他本人，靜慧該就是劉正偉。」

「我們沒親自看過他本人，會否是劉先生在說謊？隱瞞兒子昏迷的事嗎？」

「沒甚麼理由要這樣做吧？」

滕子謙找出那位玩家的帳號，創設了一個新的群體信息欄，把夏暖和「靜慧」都加入在內。

【紫千：靜慧，幸會。】

【唯缺：你好。】夏暖也先打個招呼。

【靜慧：你們好，想組隊闖關嗎？】

對方很快地作出回應。

【紫千：闖關也無妨，不過在這之前有件事想問一下你。】

【靜慧：哦？】

【紫千：你有聽過甚麼是相連人嗎？】

【靜慧：原來是這樣。】

對方忽然答非所問。

【紫千：甚麼意思？】

【靜慧：我不喜歡轉彎抹角，想知道甚麼不妨直說。】

滕子謙靜默了一會，夏暖又不敢妄自搭話。

【紫千：有人說你其實是相連人。】

【靜慧：說出來會嚇怕你嗎？我的確是。】

靜慧卻毫不含糊地回應。

是真的嗎？還是只是故意配合話題當惡作劇？

【靜慧：我反過來想知道，為甚麼你會知道我是相連人呢？】

【紫千：我們都是聽說回來而已。】

滕子謙也坦白回應。

【靜慧：你們為甚麼想找相連人？】

【紫千：我們想求證相連人的存在。】

【靜慧：口說無憑，就算我承認了，也不代表甚麼。】

【紫千：當然，所以每當發現有疑似相連人的個案，我們都會親身到當事人家中，試圖求證玩家是否真的陷入昏迷，而仍然在遊戲世界活動的角色，是否又是玩家本人。】

【靜慧：還真有趣，那你們找到「我」了嗎？】

【紫千：情報大概出錯了，雖然有人說了你是相連人，但對應上的真實玩家，卻還是好端端的在玩遊戲。】

【靜慧：那真是陰差陽錯的巧合，難怪你剛才問得那麼直接，看似別有內情呢。然後呢？就算如今你們找到了我，你又打算怎樣做？】

【紫千：可以的話，我希望找出拯救相連人的方法。】

旁邊的夏暖不禁愣了一愣，一直都以為滕子謙只是出於好奇和求知欲去追尋相連人，沒想過他還設想到這一步。

對方靜默了一會。

「你猜這個是真的還是假的？」夏暖禁不住緊張的問。正如靜慧本人所說，目前一切都是他一面之詞，並無充分證據證實。

「不知道，且等他怎回應。」

良久，靜慧又再次回應。

【靜慧：你真是好人，那成為了相連人的我，有幫得上忙的地方嗎？】

滕子謙直截了當的問。

【紫千：你為甚麼會成為相連人的？】

【靜慧：我不確知真相，但跟過去道聽塗說的相若，至少在我的身上如此，並非確鑿或唯一的結論。虛擬相連，本來這個遊戲命名的含義就是說我們能藉著遊戲與虛擬的國度相連，但若過分沉迷，甚至分不清真實，就會反過來被虛擬世界吞噬。相連人，大抵就是這種意識融合的結果，只要一個人存在逃避現實的強大執念，意識便有可能與虛擬世界連成一線，最終無法脫離而成為相連人。】

夏暖不其然嘆息：「就算毫不保留地相信這人的話，也覺得相連人這種事的確很不可思議。」

「相連人的狀態本來就是我們無法解釋的，但這樣想的話，我們也有可以做到的事。」

「可以做到甚麼？」

「如果真的如他所言，簡單來說，只要鼓勵人不要沉迷遊戲，就不會有相連人了。」

「說起來當然簡單。」夏暖一貫悲觀。「倒不如說把此事公諸於世，把這遊戲禁絕不就行了嗎？」

「這種事說出去會有人相信嗎？」

夏暖語塞，也知道事情確如他所說。就算怎樣訴說，這種超乎幻想的異象，還是不會有人相信的。

「會逃避現實的人，理所當然就是在現實世界沒能得到滿足。」滕子謙似笑非笑的說。「暖，妳可是要提防一下，就算遇上再失意的事情也別要放棄。」

滕子謙根本就是在影射自己。

「知道了，現在已經好得多了。」夏暖努努嘴回應。

這時，遊戲內的靜慧又發來了信息。

【靜慧：你們錯認的那個人的情況是怎樣的？】

【紫千：據他父親所說，他偶然會長期沉迷於遊戲中不理家人，但當中有沒有涉及更深的心理問題就不得而知了。】

【靜慧：乍聽上來對方確有成為相連人的可能性，難怪你們起初會錯認。可是，說拯救相連人也許言之過早，你們有沒有想過不如防患於未然？】

滕子謙之前並非完全沒想過，因為就算想做，也無從入手。

【紫千：我們很想做，但應該如何入手呢？】

【靜慧：如果成為相連人的人總是會有一種放棄現實世界的想法，那防範措施很簡單啊，只要讓他知道身邊有父母或朋友關心他，存活在這個世上還有希望不就行了嗎？】

的確是簡單直接的直攻法。

【紫千：我們會試試看的。】滕子謙回答。

到底應該怎樣做，夏暖茫無頭緒。

不過，看滕子謙自信滿滿的樣子，應該是有腹稿的吧。

不止一次事實證明，夏暖對滕子謙不按常理出牌的個性，實在無所適從。

「沒錯，今次我們討論的議題，就是『如何讓一個有可能變成相連人的人避免變成相連人』。」滕子謙像是發表演說般的說。

「這個議題我不否認很有趣，但是總覺得缺了點邏輯。」與滕子謙對座的姚夏希說。

黏在姚夏希身旁的商心悠連連點頭：「沒錯，而且連題目都這麼饒舌。」

坐在滕子謙身邊的夏暖肩膀緊張地縮起，朝滕子謙投了個疑問的目光。

為甚麼商量劉正偉的事要找上姚夏希啊？

滕子謙自顧說明：「基本的狀況早前已向大家解說，今次討論的目的，就是希望集思廣益，商討一個『潛在相連人的救治方案』。」

「在討論之前，我們是否已經略去『相連人是否確實存在』這個必要的前提？」姚夏希正經八百的說。

「對，請以此前提成立為原則，否則根本犯不著討論吧。」滕子謙理所當然的說。

商心悠則說：「就算退一百步承認『相連人』是存在的，但所謂『潛在相連人』又是怎麼的一回事？」

「就是有可能成為『相連人』的人啊！」

「問題就是，你怎樣知道『誰』有可能成為相連人呢？」

「這點就先別管吧，就算到時是亂槍打鳥也好，事先制定對策也全無壞處吧？」

「既然這麼熱心，倒不如想想怎樣去拯救已經成為相連人的人啊。」商心悠故意挑剔。

「我是有這個打算的，只不過這個難度相信更高，而且眼下還有劉正偉這個案子，當然是要優先處理。」滕子謙直率應道。

這傢伙果然是認真的……有病啊，夏暖心想。乍看上來很偉大，但這樣無謀地挑戰一些明顯已超越常理的難題，根本是註定觸礁自討苦吃吧？

姚夏希稍微緩和氣氛：「好了好了，前設甚麼邏輯甚麼的都可以不論。總而言之，就是想探討一下，假如眼前有一個『潛在相連人』，我們該如何應對，是吧？」

「就是這樣，夏希發言果然直中核心，找妳來真是對極了。」

雖然明知滕子謙的稱讚只是誇張，但夏暖還是覺得很不是味兒。

商心悠說：「那我們該從何談起？」

「要說防範的話，首先還是該從原因入手，了解到成為『相連人』的原因，這才談得上思考怎樣預防。」

「這方面嘛……綜合之前曾遇過的個案……」滕子謙忽地喚了一直默不作聲的夏暖。「暖，不如妳來說說吧！」

遭指名的夏暖「啊」了一聲：「我……我說……甚麼？」

「說一說之前我們所遇上的『相連人』個案。」

為甚麼是要我說？夏暖心頭泛起了這樣的疑問。但同樣地，這個疑問的答案亦自滕子謙的眼神中傳遞過來。不擅長與別人攀談的夏暖，遇上眾人聚會時，總會成為不發言而靜靜地聆聽的一個。

「唔……最初我們遇上的『相連人』叫梁德南。」夏暖一邊回想一邊說。「他所遇上的情況……大概是來自媽媽對他的過分要求和期望，培養成他任何事也要做到最好的龐大壓力。就算是玩遊戲也好，亦會抱著一定要不斷升級壓過其他人的想法。」

「很好，暖解釋得很清楚，謝謝妳！」滕子謙誇獎道。

「所以我們推斷，梁德南是因為承受不了來自家人的壓力，於是漸漸產生逃避現實的念頭，可是在潛意識要爭取好表現的習慣仍然存在，就算成了『相連人』也依然不斷闖關升級。」

夏暖看姚夏希貌似很認真地在做筆記，瞥眼看過去，只見她在紙上僅寫了「認同」二字。

「至於今次討論的目標對象劉正偉，我們只是陰差陽錯地發現，他是可能會成為『相連人』的潛在個案。據其他遊戲玩家的了解，劉正偉的父母已離異，他跟隨父親同住，只是父親工作繁忙，自然很少機會留在家，於是網上遊戲便成為了他打發時間和尋求認同的途徑。」

姚夏希又在紙上添上「快樂」二字。

「特別是劉正偉的情況，他確有變成相連人的潛在危機。」

「但這只不過是你單方面推斷吧？」商心悠對討論顯然不起勁。

「且別說機會率大小的問題，但總結來說，這些都屬於當事人的心理問題吧？還真像是心理輔導個案呢。」

商心悠亦說：「對啊，說到底都是他們死腦筋，有事情想不通罷了。」

「這樣說很失禮的呢。」姚夏希輕斥道。

「對不起啦，但是確實只要當事人想得通，不就甚麼事也不會發生嗎？」

「話是這樣說沒錯，可是人的心理就是這麼奧妙，總是要別人在他們背後助一把。」

滕子謙說：「舉例說，我們應該鼓勵他的父親多點關心兒子，讓劉正偉明白父親很疼惜他？」

「不，還是反過來應該是讓劉正偉一方主動去了解和明白父親，會來得有效直接。」

「唔……兩者有甚麼分別？」

「分別可大了，假如只是讓劉正偉被動地接受關懷，他未必會有太大觸動。反而是如果劉正偉能從某些事件中，感悟父親對自己的愛護，這樣可是有效得多。」姚夏希有條不紊的說。

「例如說，父子之間過去的一些珍貴回憶？」

「我始終相信，天下無不是之父母，當中也許曾經因意見不合而吵架或相處時間少而疏遠，但父子兩人總有一些難忘而溫馨的回憶，可以供他們作為情感的連繫。」

「不過，如果彼此有些難解的誤會或心理鬱結，那事情就麻煩得多。」滕子謙不禁皺眉。

「這可真是大難題，雖然這類個案很普遍，但就我來說實在無法領會這種事有甚麼好鬱結的，所以根本想像不到要如何解決……」

「這些問題，姚夏希妳又怎會明白呢……」夏暖自言自語般的說。

眾人忽地靜默，姚夏希則把目光投向夏暖。

「夏暖剛才是說我吧？」

「唔……是……怎麼了？」

「我對夏暖同學這一番發言很有興趣，妳可以再多說一點嗎？」

夏暖頓覺自己好像被蛇盯上青蛙的一樣。

「我、我只是覺得，像姚同學這麼有才能的人，怎會明白弱小的人的心理……」

「這番話乍聽是讚美但卻叫人一點都高興不起來呢。」

「對啊，夏希才不是那種高高在上俯瞰無知眾生的女神一般的存在——」商心悠嬌笑的說。「雖然看外表很像就是了。」

「心悠妳不要表面上在替我說項但暗地裏也在一同損我好嗎？」姚夏希臉帶笑容，卻伸手不住搓弄著商心悠兩腮說。

滕子謙試圖打圓場說：「大家雖然是同學，但相處日子尚淺，還談不上很了解對方，也怪不得會產生誤會的。」

姚夏希使勁搖頭表示不贊同：「話是這麼說，但『不了解』可不能作為容忍『誤解』的說辭呢。」

夏暖垂頭低語：「但是，我們確實沒有充分了解過對方……」

商心悠聽到後便問：「那麼，從夏暖的交友定義，怎樣才算是了解對方？怎樣的了解才令妳視對方為朋友？」

夏暖全沒想過這個問題。

「唔……我想……能夠熟知對方個性，相處時可知曉對方的想法和情感。」

「話說得很簡單，做上來可真不容易呢。」姚夏希慨嘆說。

「但我可是聽說過，妳在虛擬相連中認識了一個好朋友呢。」商心悠調侃一般的說。「我和夏希也有玩虛擬相連，但自問個性隨和的我，也沒能在遊戲世界中交上一個堪值交心的朋友呢。」

肯定又是滕子謙這個大嘴巴說的。

「那麼，她叫甚麼名字？她的個性妳了解有幾多？真實的她妳又了解幾多？要完完全全了解對方，沒有一丁點保留，妳才願意與對方來往和相處嗎？在實際層面，這是不可能辦到的吧？別把這種無法達到的境界當作是妳拒絕別人的擋箭牌啊！」

商心悠雖然有點口不擇言，可是這並非全無道理。

「但是風鈴……風鈴是不同的……」

「不同？這就是妳的答案？明明說出了認為要好好了解才可以成為朋友這種有如空中樓閣般虛無的限制，另一邊廂卻隨便把從網絡上認識的閒雜人當作是知心好友，妳會否太瞧不起我們了？沒有面對面的說過話，沒有真正的相處過，誰都可以不著痕跡的欺騙妳！」

姚夏希輕斥道：「心悠，妳這樣說是有點過火了。」

商心悠卻毫不退讓的說：「妳不覺得妳整天都只顧著玩網絡遊戲很有問題嗎？妳是生活在現實的人類是吧？怎麼不好好在現實裏交朋友，反而要逃到虛擬世界裏去？就是因為妳沒自覺這種個性有問題，過去才會交不到朋友啊！」

「心悠！別說下去了！」姚夏希厲聲喝止。

商心悠不滿地哼聲，只是看到姚夏希嚴肅的表情才噤聲不語，但看得出內心仍憤憤不平。

看夏暖惱怒不語的表情，姚夏希知道商心悠剛才是說過頭了。

「抱歉……夏暖同學，心悠是說得太過分的，我代她向妳道歉。」

「不需要。」

就像完全沒有聽見姚夏希的道歉，夏暖冷靜地說出了這三個字。

不發一言的站起來，提起背包就轉身離開。

夏暖知道，自己並不是在怪商心悠。

只是，她無法置若罔聞。

她無法對這番侮辱風鈴的話置之不理。

明明風鈴一直都是一個很溫柔又強大的人，明明她一直都在幫助自己，風鈴怎可能會欺騙自己，欺騙自己又會有甚麼好處呢？為甚麼？為甚麼別人總是對自己所珍惜的世界抱著這種誤解呢？

夏暖低著頭急步的向前走，但身子仍止不住的在顫抖，一來是因為不憤，二來是深埋在內心那種莫名的恐懼感同時在發作。

她清楚明白，自己此刻一走了之的後果。

她可能會被姚夏希等人孤立，然後再不用寄望可以在班上交到朋友。滕子謙會怪她意氣用事，可能會就此破壞了彼此難得建立了的朋友關係。曾經她不相信自己能得到的一切一切，可能都會就此失去……但即便如此，夏暖還是決意要守護她唯一最重視的朋友。

夏暖奔跑著回家，把自己鎖在房間內，啟動了「虛擬相連」遊戲。她的心不住狂跳，內心夾雜著不安恐懼卻又帶點期盼的複雜情緒。

幸好風鈴此刻也正連線到遊戲上。

夏暖單刀直入的發了個信息給風鈴。

【唯缺：鈴，我很認真的問妳一遍。】

【風鈴：怎麼了？】

正在線上的風鈴很快便作出回應。

【唯缺：為甚麼妳不願意和我見面？】

【唯缺：就算妳不願意給我妳的聯絡電話，至少也可以和我語音通訊，讓我確確實實地聽到妳的聲音，能夠真真正正的和妳交談。】

【唯缺：是因為妳不夠信任我？】

【唯缺：妳害怕我對妳有不軌企圖？】

【唯缺：還是妳並沒有把我當成好朋友？】

夏暖聯珠炮一般的敲著鍵盤發出信息，每一個提問，每一個自己內心也不認同的質疑和責難，讓夏暖內心一直揪著痛。

風鈴就像是一直等待夏暖把疑問統統道出，並沒有即時回應。

【唯缺：鈴，如果妳真的有甚麼苦衷和隱情，至少請告訴我。】

【唯缺：讓我明白，讓我死心。】

夏暖停下敲打鍵盤的手，風鈴縱未有任何回應，但已足夠讓她潸然淚下。

過了好一會，夏暖稍微平伏思緒，這才看見風鈴的回覆。

【風鈴：暖，對不起。請恕我此刻無法向妳坦白。】

【風鈴：妳總有一天會知道真相的，但現在還不是時候。】

【風鈴：請妳相信，暖，妳一直是我最珍視的人。】

「為甚麼……為甚麼……我不明白……」夏暖不住地抽噎，呆望著電腦螢幕。

「暖，妳有甚麼事嗎？」

大概察覺到夏暖回家時的神色有異，江阿姨敲門的探問。

「我沒事！」夏暖高喊了一句。

「真的沒事嗎……暖？」

「我真的沒事！妳別管我好不好！」

「暖……」江阿姨遲疑了半晌，微嘆了一聲柔聲說：「晚餐很快就準備好了，待會兒出來吃吧。」

「知道了。」夏暖也自覺剛才語氣太重，勉力放寬聲線的說。

夏暖復又盯著風鈴的信息，想要追問下去卻又深知不會得到答案，但就此不了了之的話，她又絕對沒法舒懷。

這時又有另一個新信息傳來。

起初還以為風鈴回心轉意，卻見那信息是由滕子謙發出的。

【紫千：暖，剛才妳就這樣跑掉了，沒事嗎？】

【唯缺：我沒事。】

【紫千：這明顯是說謊吧。】

【唯缺：你知道就別問了。】

【紫千：這麼坦白承認自己說謊嗎？】

【唯缺：反正瞞不過你。】

【紫千：這算是恭維我嗎？】

【唯缺：你覺得是便是吧。】

大概是覺得夏暖一直敷衍著回應，滕子謙直接撥通了夏暖的手機。

「幹甚麼了？」

夏暖不好氣的說。

「夏希她們並沒有惡意的。」

滕子謙甫開口便是替姚夏希說情。

「你不是常擺出一副很了解我的樣子嗎？」夏暖嘲諷著說。「那你應該知道，我並不是在生她們的氣。」

「那妳是想要怪責風鈴嗎？」

「風鈴已經跟你說了嗎？」夏暖下意識便這樣想。

「沒有，該說是還沒有，我待會兒再問風鈴。」

「有甚麼好問的，我只是在發牢騷而已。」

「暖，我明白的，我也把風鈴當作是好朋友，如果可以的話，我亦希望有一天我們可以一起面對面的坐下來聊天。」

「有這個可能嗎？」

「我不知道。但我肯定，風鈴絕對不是刻意躲避我們，她絕對是……」

「我也知道，我就是知道！」夏暖打斷她的話。「我也是這樣相信著，我相信風鈴一定有不方便告知我的苦衷，她並不是躲開我，可是、可是……」

滕子謙柔聲說：「暖，妳是在生氣『自己』吧？」

「對！我就是討厭這樣的自己！明明一直明白和相信，卻仍然忍不住去質問鈴，故意令她難受和內疚，我就是這樣討人厭的人！」

「暖，不要緊的，妳不需要過分壓抑自己。」滕子謙會意的微笑。「妳偶爾可以放任自己，撒嬌和耍任性也好，這樣子的暖更可愛的呢。」

「可愛甚麼的……虧你還敢說……」夏暖讓滕子謙的話逗得一時心中暗喜，剛才的不憤和怨懟也頓時拋諸腦後。

「不過暖的反應確實超出我預期之外，是我考慮不周。」

「這又不是你的錯，犯不著怪責自己。」

滕子謙遲疑了半晌的說：「唔……其實是我請夏希和心悠幫忙故意說這些話刺激妳的。」

「為甚麼你要這樣做！」夏暖驚詫的說。「你覺得這樣很有趣嗎？混蛋！」

「我不否認我喜歡玩玩弄人心的遊戲，但目的還是讓妳切身感受一下，妳就當這是一個用心良苦的惡作劇。」

「這分明是滿佈惡意！我可看不見你的苦心在哪裏呢！」

「暖沒猜到我的用意嗎？明明今天的話題都集中在同一個主題上。」

「滿腦子充斥著捉弄別人的惡質傢伙的心思，我怎會猜得到？」

「對我來說這還真是最棒的讚美呢。」

「別自滿，我可不是在稱讚你。」夏暖冷冷的說。「那麼，原因呢？」

滕子謙自信滿滿的說：「暖，妳是在裝傻吧？」

果然還是瞞不過他嗎？剛才討論劉正偉的話題時，夏暖也隱約察覺到，滕子謙一直暗地牽引著話題朝那個方向走。

「默不作聲，就當妳承認了啦。」

「對啦，是我輸了，好不？」

「那我就直說了。」

「好好，一如以往的滕子謙同學親切的說教時間，我作好心理準備了。」

「今天的暖很愛吐槽呢，雖然只是單純嘴硬的自嘲戰術，但以妳的表現來說已經很不錯了。」

「這種稱讚我才不稀罕。」

「暖，妳不該這樣想妳的姨姨。」滕子謙以陳述一般的口吻說。

「我和江阿姨的事，外人是很難理解的。」

「就這樣妳就想把話題打發掉？」

「你還想我怎樣？那我向你道歉好不好？對不起，是我錯了，是我誤會了江阿姨——這樣你滿意了嗎？」

「暖，妳知道我不是這個意思的。妳會對別人輕蔑妳與風鈴的感情而覺難受，同樣地妳為甚麼可以對江阿姨對妳的親情視而不見？」

夏暖分辯說：「我、我沒有，只是……只是對江阿姨來說，我確實是一個負累，但碰巧她揹起了這份責任而已。」

「責任？妳別說笑了！」滕子謙嗤鄙的說。「妳有沒有想過，妳的江阿姨為何目前仍然是單身一人？她可能曾經有過投緣並且可以付託終身的對象，可是卻礙於要照顧妳的原因，不敢建立家庭，又怕若有了自己的小孩，會傷及妳的弱小心靈，妳又一定會把自己當作拖油瓶，每事和她的孩子作比較。假如單純只是把妳當作是一份責任，妳認為一個人會願意為妳犧牲了這麼多嗎？」

夏暖一愣，不可置信的說：「這、這種事……我從來都沒聽過，是真的嗎？你怎麼會知道的？」

滕子謙直白的說：「我不知道，只是說有這個可能。」

夏暖心頭一氣，倏然的喝：「你別要再開玩笑了！」

「我的確是在胡說，但並不是在開玩笑。」滕子謙傲然強調。「正如暖所說，我是不了解江阿姨的事，我也不會自以為是地說了解暖的感受，但與此相對的，暖妳又真的明白江阿姨真正的心情嗎？妳又憑甚麼說她並沒有對妳付出真正的愛？」

夏暖怡聲道：「我不知道，我真的不知道。」

「沒錯，我們不知道，但可以想像得到。」滕子謙續說。「妳儘管嘗試代入江阿姨的角色去想一想——父母雙亡，僅有一個相依為命的姊姊。當唯一的姊姊都意外過世後，與她尚有血脈相連的親人，就只餘下妳一個。妳可知道妳對她來說有多重要嗎？而妳卻只在她面前耍性子，還敢說她對妳沒有付出真正的愛嗎？」

「我……我從來沒想過，我一直只覺得江阿姨很獨立和堅強……」

「沒錯，妳的姨姨的確很堅強。人只要擁有珍貴的東西，有想去守護的東西，就自然會顯得堅強——風鈴是這樣，妳的江阿姨也是這樣。」

為甚麼這裏會提到風鈴？夏暖不禁泛起這個疑問。

「不要待到失去了才覺得需要珍惜，現在每一刻的相處，才是我們最應該把握的事情。正如我們希望劉正偉覺悟的事情一樣，我想妳和江阿姨之間，一定也有一些無可取締的美好回憶的呢。」

「嗯，我知道的了。」

「雖然單憑暖的一句話很難叫人放下心來，不過我相信妳應該知道該怎樣做的了，也不枉我請夏希和心悠演了這麼大的一場戲。」

更令夏暖大惑不解的，該是為何姚夏希會對滕子謙言聽計從吧？

「暖，是時候吃晚飯了。」

這時又傳來江阿姨的敲門聲。

夏暖對滕子謙說：「江阿姨來喊我吃飯了。」

「嗯，那就先談到這裏了。」

「滕子謙……」夏暖忽地喚。

「甚麼了？不捨得掛線嗎？」

「你還是一如以往的自大啊，很討厭呢。」

「那就盡情地討厭我吧。」

「這樣只會令你更高興，我才不幹。」夏暖哼的一聲。「不過，還是謝謝了。」

「不客氣，要掛線了啊。」

夏暖沒答話，靜默了一會兒，滕子謙這才切斷了通話。

夏暖來到客廳，晚餐都是她喜歡的菜式。

江阿姨喜歡吃甚麼？平日喜歡做甚麼？其實自己了解她多少呢？又或是，自己曾經用心去了解她多少呢？

「江阿姨……」

「怎麼了？與朋友吵架了？」

「阿姨……有交往的對象嗎？」

江阿姨一愣，旋又露出淺笑：「這種問題按常理不是應該由我來問暖的嗎？」

夏暖不好意思的說：「不……我只是好奇……單純想知道……」

「沒有啊。」

「唔？」

「沒有，阿姨目前沒有想要交往的對象。」江阿姨重申。

「那如果有的話，江阿姨妳會不會……」

「應該不會吧，何況我也放心不下暖一個人呢。」

「果然是因為我嗎？」夏暖低語。

「不是這樣啊。」江阿姨斷言否定。

「不是……這樣？」

「原因是，暖對我來說，比任何人都重要。」江阿姨加重了語氣。「並非因為有暖在才令我放棄了其他事物，而是因為暖比那些都來得重要，我根本不需要衡量便知答案。」

自己是唯一最重要的，能夠確切地體會這一點，遠比一切重要。

「妳明白兩者的分別嗎？」

夏暖點了點頭。

「江阿姨，假如一個人無法察覺到家人的關愛，應該怎樣做才可以提點他呢？」

「言語未必是最理想的表達方式，暖妳可以嘗試從『回憶』入手。」

「回憶？」

「沒錯，喚醒那個人遺忘了的珍貴回憶。」

江阿姨的想法與姚夏希不謀而合。

「要怎樣做？」

「菜涼了，快吃飯吧。」江阿姨卻轉移話題。「一會兒替我執拾一下衣櫥頂的雜物吧。」

晚飯過後，江阿姨吩咐夏暖把衣櫥頂數個盒子拿下來。雖然盒子看上去挺殘舊，但盒身卻一塵不染，可見平日有仔細擦拭。

「江阿姨，這是甚麼東西？」

「這是阿姨的寶物。」江阿姨暖心的笑。「妳自己打開來看吧，看完後要放回原位啊。」說完她便回到廚房清洗碗筷。

盒子有大有小，夏暖從最大的一個看起。

裏頭是多本照片本子，每本都細心地標註了年份。由夏暖出生開始的嬰兒照片，幼童年代的全家合照，升上小學之後的照片則愈來愈少，好幾年才放滿一本。

夏暖也不記得有多久沒跟江阿姨拍照了。

就算有時會用手機拍攝一些生活照，也不會刻意沖印成照片收藏。

另一個盒子放的是一些小玩偶，都是夏暖小時候喜歡的玩具。記得在小學時，夏暖經常使用小玩偶作角色扮演，一人分飾多角，即興地演出各種驚險怪奇的冒險故事。當時還興致勃勃地還那些情節寫成小說，如果現在重讀的話準會羞死。

還以為這些小玩偶早就丟掉了，原來江阿姨一直都有保存下來。

打開最後的一個小盒子，入目的是一串風鈴。

紫藤色花朵圖案，瓷製的風鈴。

夏暖還清楚記得，那是在父母雙亡，由江阿姨開始照顧自己不久之後的事。夏暖與江阿姨一同外出購物期間，無意中看見商店懸掛著的風鈴。

很漂亮呢。年幼的夏暖仰起頭，一直望著那個高高掛著的風鈴出神。商場內人聲鼎沸，但夏暖卻不其然緩緩閉上眼睛。

「叮鈴叮鈴⋯⋯」

猶如在耳際響起清澈的鈴聲。

嘴角不禁泛起了滿足的笑意。

「暖，在看甚麼呢？」江阿姨略帶驚詫的問。自從接手照顧夏暖開始，江阿姨這才是首次看見這孩子露出這種發自內心的笑容。

「江阿姨，那個風鈴，我很喜歡呢！」夏暖小小的手，遙指著那個懸在高處的風鈴。

「看上去挺精緻呢。」江阿姨微頷。「那麼，就送給暖作為禮物吧！」

「真的可以嗎？」夏暖雙眼不住閃爍。

「暖一直都很懂事，很乖巧，值得獎勵的。」

夏暖回家後，急不及待的把風鈴掛在窗邊，風鈴隨風響起了清脆的鈴聲，她也隨著鈴聲響起而不住的笑。

夏暖並不是個活躍好動的小孩，假日時都喜歡留在家看書。有時就這樣與江阿姨並肩坐著，看看書，感受窗外吹送的涼風，聽著風鈴的聲音，悠閒地過一個下午。雖然彼此沒說話，但卻是她們最溫馨最親密的一段回憶。

那串風鈴，曾經也是夏暖珍視的寶物。

但後來就在初中時的某天，夏暖也忘了是因為何事與江阿姨賭氣，一氣之下拔下風鈴，丟在地上。

瓷製的風鈴裂成了幾片，連夏暖的心也碎裂了。

後來江阿姨清掃好風鈴碎片，但原來並沒有丟掉，還細心修補好，一直好好收藏起來。

如果要一個人感受到家人的愛，最好的方法是勾起家人之間的美好回憶。

「江阿姨！」夏暖高聲喊。

「暖，怎麼了？」江阿姨站在料理台前，回頭應道。

夏暖躍步衝前，就從後抱住江阿姨，把臉埋在她背上。

「江阿姨，對不起……」

「怎麼無緣無故道歉了？」

「對不起……」

「真是傻孩子呢……」江阿姨由得夏暖伏在後背。「家人之間是不需要道歉的。」

翌日，夏暖剛踏進教室，滕子謙便像一早埋伏好的一樣，一下子把她扯出走廊往回跑。

「喂喂，是甚麼事了？至少讓我先放好背包吧！」

滕子謙把她拉到走廊盡頭的梯間，按著她雙肩說：「暖，妳聽我說，事情大條了！」

「甚麼事了？」

「夏希和心悠吵架了。」

「哦？她們兩人？」

「因為妳。」

「因為我？」

「暖，妳怎麼好像一副還在狀況外的樣子？」

「唔……確實我還弄不清楚發生甚麼事。」

「就是昨天的事情，妳不會忘光光了吧？」

「忘倒是沒忘，但為甚麼反而是那兩人吵起來了？」

看夏暖一臉茫然，滕子謙真不知該生氣還是覺好笑。

「昨天我們不就是在妳面前演了一場戲嗎？」

「對啊。」

「妳完全若無其事反而有點令人火大呢……」

「啊？你是在期待我生氣嗎？」

「也不是，只是妳太淡然反而會顯得太著緊的我像個笨蛋一樣。」

「我終於找到整治你的方法了。」夏暖比了個勝利手勢。

「剛才那句應該是心聲而不是對白才對吧！」

咦？這種故意惹人吐槽的說話方式怎麼這麼熟悉？

「說回正題，她們兩人吵架，你想我怎樣呢？」

「事情因妳而起，當然是妳去調停吧。」

「雖然有點失禮，但我姑且確認一下……」夏暖以疑惑的目光盯著滕子謙。「這不會又是你劇本的一部分吧？」

「不是，今次真是意料之外的。」

「沒騙我？」

「我從來沒有騙過妳啊，暖。」

「這句本身明顯就是謊話吧。」夏暖吐舌。「可是，我可不認為自己有能耐調停她們的爭吵啊。」

「我相信妳的。」

「又是這句啊……」夏暖不禁想舉手投降。「那根據滕同學的高見，我究竟要怎樣做？」

「直接把妳丟到炮火往來的戰場上妳就懂了。」

「毫不含糊地說出這麼可怕的提案你還算是人嗎？」

「口裏這樣說卻還是不慌不忙地前行的妳才是可怕又可敬吧？」滕子謙朝夏暖開步走的背影喊。

夏暖頭也不回地揮揮手當回應。

打腫了臉充胖子，說實在夏暖內心慌張得要命。

但事實說到底算是因自己而起，儘管滕子謙也脫不了關係。

雖然滕子謙說兩人在吵架，但在夏暖眼中，該說是賭氣才對吧。明眼人看得出來，姚夏希和商心悠在刻意避開對方的視線。

受滕子謙潛移默化，夏暖也自覺開始不要臉了。

任何事也可以打直球處理。

早上的課結束後，甫來到小息時間，夏暖先來到姚夏希身旁。

「姚同學，請妳跟我來一下。」

說著夏暖已不顧她反對，牽著她的手，前往另一個目標。

「商同學，請妳跟我來一下。」

唸著相同的對白，夏暖沒說一句多餘的話，一左一右牽著兩人，這便向教室外走。

這一切滕子謙都看在眼內，內心朝夏暖甩了個大拇指。

一聲不響地把兩人拉到走廊，繼而走到梯間，夏暖這才放開兩人。

「怎麼了？」

「妳是想幹甚麼？」

姚夏希和商心悠一前一後的問。

夏暖分別與兩人對上視線，這才堅定的說：「有關昨天的事情，我想鄭重地向兩位道歉。」

「這不完全是夏暖同學的錯。」姚夏希盤著手說。

「妳就是想暗示我說得太過分了嗎？」商心悠頓時不滿說。

「滕同學一早有提醒過，我當時也有勸阻過妳，為甚麼妳就不懂得察言觀色？」

「我知道，滕同學說夏暖是經不起打擊的『易碎品』，要小心愛護嘛！既然如此一早就不要耍這種把戲不就行了嗎？」

原來滕子謙那傢伙在背後是這樣想自己的嗎？夏暖暗罵。

「我們本身都是認同滕同學的出發點才會這樣做的，但可不代表可以亂來吧？」

「是啦是啦！總之說到底就是我不知分寸！一切都是我的錯，這樣妳滿意了嗎！」

「心悠，我並不是這個意思，只是希望妳也要考慮夏暖同學的感受……」

「是啦是啦！我就是不會考慮人家感受的壞人！」商心悠緊咬住下唇，逞強地忍著眼淚。

「兩位……」夏暖朝兩人合掌道。「能否先好好聽一聽我的話呢？」

姚夏希強調：「如果是道歉的話就免了，夏暖同學妳並無責任。」

「道歉也只是客套的，其實我只是希望直言……」夏暖頓了一頓，略帶靦腆的說：「昨天的事我真的不在意，或者說我並沒有放在心上。」

「但妳不也是生氣跑掉了嗎？」

「雖是這樣，但說到底只是一時之氣罷了，轉過頭就沒事的了。」

姚夏希傻眼道：「其實是我們過分認真了嗎？」

「唔……應該是吧……」夏暖偏過眼搔搔頭道。

「原來如此啊……」商心悠啼笑皆非。「就是說當所有人擔憂妳的弱小心靈受傷害而大為著緊的時候，結果妳就告訴我們妳根本不痛不癢是吧？」

「我終於明白滕同學的苦處了……」姚夏希也失笑說。「弄了這麼多花樣，說不定我們怎樣看夏暖同學，其實妳也根本沒在意吧？」

「如果時刻都要在意別人的目光甚麼的，不是太辛苦了嗎？」

姚夏希搖搖頭，沉聲說：「夏暖同學，妳如此不在意別人的眼光，其實也是一種傲慢呢。」

傲慢？

「別人對妳的觀察和評價，代表了那個人的認知思想，妳如此不在乎，也等於妳放棄去了解別人。」

沒去了解別人嗎？夏暖不敢苟同，卻又無法反駁。

也許潛藏在內心深處的原因是，夏暖並不信任自己——她沒有信心了解別人。就算彼此分享了再多的事，也不代表對方內心毫無保留。反之，正可能因為彼此交流得太多，便更覺得不需要再努力理解對方。誤以為已經了解別人的一切，就更容易忽視別人潛藏更深更黑暗的一面。

旁觀者清，當局者迷。局外人陌生人也能察覺的異樣，唯獨當事人卻懵然不知。本來的信賴關係，最終演變成一種怠慢。而怠慢的後果，就是讓別人覺得你根本沒有用心關心對方。

「明明已經共處了那麼久，為何我的心事妳卻未曾察覺？」

「其他人都能一眼道穿，一直以好朋友自居的妳竟然敢說茫然不知？」

「原來這就是妳口中可供謳歌的友情嗎？」

曾經遭受過的責難，忽地又從夏暖心底迴響。她的聲音猶如尖刺，直叫夏暖內心淌血。

與其再努力也是徒然，倒不如保持一段對大家都舒適的距離。既然彼此未到交心的程度，就算偶然忽視了對方的感受，也是情有可原的吧。

還是說，放棄去做明知做不到的事，其實也是一種過錯？

「我不知道。」陷入回憶而沉默良久的夏暖，最終像條件反射般回答了這一句。

姚夏希實在沒她好氣：「鬧得好像為此而賭氣的我們是小題大做一般。」

「這都怪夏希偏執過頭。」商心悠斜睨著她。

「其實夏暖同學也不無道理，是我太在意別人怎樣想了嗎？」

「因為夏希的一言一行都吸引別人目光嘛。」

「這可不是我的意願呢。」

「誰叫夏希才貌雙全，去到哪裏都那麼惹人注目。」

「真不知妳是讚賞還是暗諷我呢。」

令夏暖慶幸的是兩人改回原來的對話模式，那自己的任務該算是完成了吧？

「姚同學總是規行矩步，商同學則大而化之，能夠互相影響中和一下就最理想的了。」

商心悠不滿說：「中和甚麼的，如果人的個性有這麼容易受影響就糟了。」

姚夏希則嬌笑：「倒是想不到夏暖同學會說出這麼有見解的話，雖然不排除是從某些人口中聽來的。」

「算是吧，其實我也是現學現賣就是了。」夏暖也笑。

上課鐘聲響起，小息時間不知不覺中完結了。

「暖，妳的表現可說是超額完成的棒呢！」聽過夏暖複述後，滕子謙顯得大樂。

「也不算甚麼吧。」

「不，妳的確比我預期中做得更好，甚至可說連沒期望過的，妳也做到了。」

「有那麼誇張嗎？」

「對，我想對夏希來說，暖妳對她的衝擊也不少呢。」

「你愈說愈荒誕了。」

滕子謙嘖嘖作聲說：「夏希雖然外表剛烈，但說到底也只和我們年紀相若的孩子，妳以為被別人神化的滋味好受嗎？起初可能會覺得飄飄然，但其後只會轉化成壓力，總覺得別人在注視自己，自己的一言一行都會影響著別人。倒是暖妳這種不拘小節，或者說是懶理別人觀感的想法，大概令夏希有所感悟，有時能夠不顧別人限定的形象去笑去活，不才算是真正面對自己嗎？也許在夏希心中，其實一直渴求的是妳這種不把優等生的外表放在眼內，而彼此能夠平等相待的朋友呢。」

「我和姚夏希……可以成為朋友嗎？」

「最重要的是，暖妳現在也不再害怕面對夏希了吧？」

「也是的。」

姚夏希在自己心中，的確沒了過去那高不可攀的形象隔閡。

「那麼，就算以後沒有我在身邊提點妳，相信妳也沒有問題的了。」滕子謙老氣橫秋的說。

「這種像是打算把未學滿師的徒弟丟下山的老師傅口吻是怎麼一回事？」

「這是實情啊。」滕子謙一貫的笑容滿臉。「而且，我也不可能無止境地守護著妳。」

「我知道自己很任性，的確這段日子來你幫我太多了。」

「但是，這不是無止境的事，妳終有一天要自立的。」

「我倒沒信心做得到呢。」

滕子謙轉了副凝重的臉色：「暖，不如妳現在想像一下，假如妳並沒有認識我的話，今天的妳會怎樣？」

「真的無法想像啊。」夏暖衝口而出地回答了。

這段日子以來，自己獲得了許多過去不曾想像的東西。因為得到了幸福，因此更加無法想像失去之後會是怎樣，也再難以理解過去的自己是怎樣活過來。過去的自己恐怕也是因為害怕失去，所以連得到的勇氣也沒有，因此從來不願意去追求甚麼。

「別那麼草率地回答，動動腦子好不好？」

其實，夏暖根本是不敢去想像。每逢某個時候，夏暖總覺得自己有點討厭眼前這個人，因為他把自己慣常的逃避選項都抹殺了。

討厭的不是他，而是從不願面對現實的自己。

「其實，這問題我問過的了……」夏暖微垂下頭。「為甚麼你要對我這麼好呢？」

「哦？因為我說過會守護妳的啊。」滕子謙毫不含糊的回答。

但夏暖並不滿意這個答案。

滕子謙根本沒有回答最根本的問題，而且還看出他一直在躲避這個話題。

教室門此時打開，姚夏希從外探頭進來。

「你們果然在這裏呢。」

滕子謙顯得異常雀躍的說：「夏希，妳來了啊！要找暖嗎？」

「為甚麼你會以為她是來找我啊？」夏暖在旁道。

姚夏希身後還跟著商心悠，兩人一同步入教室，朝夏暖招手。

「夏暖同學，要不要和我們一同去玩呢？」姚夏希說。

夏暖愕然說：「真的是找我？我們之前從來沒有……」

「就是因為沒有共同去玩的回憶，所以才要去建造嘛，夏暖同學。」

「對啊對啊，一起去玩吧！」商心悠嚷著要拉夏暖。

「可是……我……我約了滕同學。」夏暖把視線投向滕子謙。

這當中有一半是謊話，雖然姚夏希按理會看穿，但總會諒解的。

「噢，真不好意思！暖，我忘了告訴妳，其實今天我碰巧有事忙呢……」滕子謙騷著頭，趨前湊向夏暖耳際說：「別總是拒人於千里之外，始終妳也是班上的一分子，妳可別又習慣性地逃避啊。」隨後率先執起背包揮手：「再不走我便遲到了，諸位再見！」

「演技太遜了吧，這傢伙。」商心悠笑著說。

「爛好人。」姚夏希也會意地點點頭。

待滕子謙離去後，姚夏希微微躬身道：「雖然是有點轉折，可是夏暖同學，我們正式為之前的事道歉……」

「雖然罪魁禍首根本不是妳。」夏暖和姚夏希幾乎同時的接上去說。

姚夏希露出笑靨：「夏暖同學，妳願意把我們當成朋友嗎？」

夏暖聞言倏地嗤笑了一聲。看姚夏希投來異樣的目光，她急忙解釋：「沒、沒事，只是想起了有趣的事。」

夏暖想起當初滕子謙的話。

「妳們竟然還會為了我而吵架，我怎麼可能不把妳們當成朋友呢？」夏暖朝她們伸出手。「夏希、心悠，很高興認識妳們，往後的日子，請妳們多多指教。」

姚夏希和商心悠一同搭上夏暖的手。

「暖！我們走吧。」

繼風鈴和滕子謙之後，夏暖逐漸交上更多可以用名字相稱的朋友了。

由夏暖帶領的班會活動籌備得如火如荼，姚夏希、商心悠暗地加入協助，更是事半功倍。雖然未算得上是幾經波折，但夏暖總算與其他同學的關係有所改善。另一方面，雖然夏暖等人沒有接續有關相連人的討論，但滕子謙還是持續與靜慧聯絡，進一步了解更多有關相連人的狀況。他還會每隔數天去拜訪劉正偉，夏暖偶然也會陪同前往。

滕子謙亦以夏暖與江阿姨作例子，鼓勵劉正偉父親想辦法喚起兒子以往的親子回憶。父母就算離婚，親子情是不會改變的，孩子與父母血脈相連，這是不會改寫的事實。後來劉先生也帶來好消息，表示劉正偉近日沉迷遊戲的時間少了，父子的對話也多了。

滕子謙和夏暖使用學校的電腦進入遊戲，將事情一一告知靜慧。

【紫千：雖然有點像是自我滿足，但也許我們真的制止了劉正偉變成相連人呢。】

【靜慧：能為了陌生人做到這個地步，你們真的很了不起。】

【紫千：你也給了很多建議，同樣功不可沒呢。】

【靜慧：謝謝你們，雖然現在處身這個狀態的我不能為你們做甚麼，但真的要衷心感謝你們。】

與靜慧相處的這段日子來，滕子謙有時也懷疑過對方是否真的是相連人，但卻不太想主動觸及這個問題。

【紫千：其實正如你之前所說，雖然你已成為了相連人，但既然至今仍能保存原有意識，難道沒想過可以回復原狀嗎？】

【靜慧：我也不知道有甚麼方法可以辦到。】

【紫千：舉例說重新替昏迷的肉體戴上墨色眼鏡連線，通過連線把靈魂重注回肉體上？】

【靜慧：乍聽上來貌似很合理，如果將來你們有機會遇上其他相連人，不妨試一下吧，但我想這對我來說是沒法辦到的了。】

【紫千：為甚麼偏偏你自己就不願意嘗試？總好過就這樣逆來順受地留在虛擬世界吧。】

在旁邊看著的夏暖不禁說：「你會否說得太過分了？」

「我自有分數。」

【靜慧：謝謝你的鼓勵。如果真的有機會的話，我答應你會嘗試的。】

【紫千：何必等待機會？你只要告訴我你的真正身分，我會找到你的家人，說服他們替你連線的。】

【靜慧：不，真的謝謝你的心意，但這個實情說出來大概會讓你們嚇一跳。】

【紫千：是甚麼事？】

【靜慧：你們都沒有問過我真正的名字吧？】

【紫千：我們以為你不想提。】

【靜慧：我叫劉正偉。】

滕子謙和夏暖登時面面相覷。

遲疑了片刻，滕子謙才回應。

【紫千：這是甚麼玩笑？】

【靜慧：這並不是玩笑，當初也沒打算刻意隱瞞，只是不知如何啟齒就是了。】

滕子謙深深呼了一口氣。

【紫千：你說吧，我們會相信的。】

【靜慧：要我說明的話，我也說不出過究竟。我是劉正偉，但同時不是你們所見過的劉正偉。反正相連人本身已是一件不可思議的事，如今充其量就是在原本未解的謎團上再加上一重迷霧。始終不管是在虛擬世界的我，還是身處現實世界的你，只是這個世界之下微不足道的微塵。】

滕子謙低頭深思良久，這才對夏暖說：「我有一個構想，虛擬相連的虛擬空間，是一個超越時間和空間的存在。其一，今天的劉正偉安然無恙，但說不準他在數月、一年之後，再次因為各種原因而逃避現實，繼而成為了相連人。而那個成為相連人的劉正偉，則超越了時間來到今天的遊戲世界內，這才可以與我們交談。」

「回到過去？就像未來的自己來到今天那樣嗎？」

「沒錯。其二，就是超越時間之外，更進一步地穿越空間。」

「那就是從另外一個世界穿越而來？」

「對，暖，妳該聽過平行世界吧？」

「是聽說過。」

那是很多奇幻小說的常見橋段。

滕子謙側著頭，一邊思考一邊說：「如果是平行世界的話，解說上來便簡單得多，某個世界的劉正偉成為了相連人，就是我們眼前的『靜慧』；而這個世界的劉正偉，本來是有成為相連人的可能，但卻因為我們的介入，並沒有變成相連人，至少在這一刻沒有。」

「在不同的平行世界中，就可以有不同的結局？」

「沒錯，當然如果讓我說的話，我會期望真相正是這樣。」

「為甚麼？對我們現存的世界來說，那有甚麼差別？」

滕子謙顯得神氣活現：「如果是平行世界的話，即是說我們所在的世界仍然是充滿可能的。就算在另一個世界發展出各種壞結局，但在這一個世界絕不會只有相同絕望的結局。」

「真像你的想法，這麼熱血積極。」

「更重要的是，這樣想的話，我們所做的事更非沒有意義了，我們可是扭轉了一個本來很有可能走向壞結局的人生呢！」滕子謙心滿意足的笑。

「扭轉命定的壞結局……嗎？」

「人生不可以重來，但可以不斷重整。因為有改變的可能，人才能勇敢活下去。」滕子謙興奮地搭著夏暖的肩。「何況，本來我就不相信命中注定這種事，人的命運應該是由自己操控的！」

夏暖內心好像抓住了一些對自己很重要的東西的脈絡，但一時又說不出明確的感覺。

改變命運。

乍聽上來很吸引，就如一道芬香撲鼻的菜餚，叫人躍躍欲試。人們否定命運，但卻沒法證實命運不存在，充其量只能說服別人不去盲信命運的必然性。未知的命運，從邏輯上根本就談不上改變，就算鼓起勇氣改變現狀，誰也沒法證明我們眼中所改變的一切，會否本來就屬於既定的命運。

平行世界的構想讓改變命運的概念更具真實感。參看某一世界的不幸事件，然後在另一世界致力避免，只要那個不幸並沒復見，就幾乎可等同挽救了這一個本該滅亡的世界。

「也如同夏暖的口頭禪，別總是說自己做不到。就算做不到也好，至少妳也先盡了力，我會替妳加油的。」

「我也不清楚自己何時是力有不逮，還是只不過是慵懶和耍任性。」

夏暖內心更害怕的，是盡力了還是得不到想要的結果，因此才遲遲不敢起步，寧願停留在原地找藉口。

「不過，雖然是有點晚，但妳最近看起來積極很多了。」

「我知道自己是努力得太遲的了，不就是你們常說我怎樣怎樣，現在好歹我真的想改變一下，你們卻盡是一副不看好算怎樣？」

滕子謙打了個哈哈：「就是別人不看好，妳才要更努力令他們跌破一地眼鏡。這個過程絕對不容易，甚至可說是苦不堪言。可是，今天讓妳哭著叫苦的事情，定會成就妳他日的幸福。」

「我這種人，還配得到幸福嗎？」

「妳又說這種悲劇人物的公式對白了……暖，妳是很幸福的，也許妳不自覺，但就算妳認為這是謊言也好，請妳先相信現在的妳很幸福。」

夏暖是知道的，這刻的自己要算是幸福了，有滕子謙，有風鈴，還有難得交上了的朋友。她並非想要否定眼前的幸福，而是她自覺如今有過的一剎幸福也好，都是不知歷盡多少痛苦賺回來的，那是用無數次失足墮崖換來的快樂，是偷回來的，根本不應屬於自己的東西。

因此，夏暖愈是幸福，愈是害怕。

害怕這幸福有一天會離她而去。

「暖，妳能答應我一件事嗎？」

「甚麼事？」

「這是承諾啊。」

「我不肯定自己能否做到。」

「暖，這是妳的壞習慣，無論是怎樣簡單的承諾也不會答允，沒信心自己會做到，覺得會負累別人。從好的角度看，妳寧願讓人失望，也不會違背承諾；但這種逃避心態，說穿了就是不敢去承擔而已。」

「我明白，但我確是沒自信。」

「所以，我希望妳能答應我，以後要更看重承諾。」

滕子謙忽然牽起夏暖的手。

一時親密的接觸讓夏暖無法反應過來。

與之前有所不同，滕子謙雙手牽著夏暖兩手的前端纖指。

「既然說過期望妳有一天能飛，今天就不可能自私捉緊妳不放。」

夏暖察覺滕子謙正微垂著頭，視線停留在兩人牽著的手。

他的手很溫暖，可是不知怎的在發抖。

好像有甚麼話要對自己說。

但他卻一直沉默不語。

「怎麼了？」夏暖輕聲問。

「沒甚麼，時候不早了，妳該要回家的吧？」滕子謙的表情在笑，但夏暖卻認為他只是在裝。「我待會兒還要找胡子談點事，今天妳先回去吧。」

「對啊，可是你又拉著我……」口裏這樣說，夏暖只是輕輕挪動了手，並沒有特意施力掙脫。

「也是呢。」

滕子謙鬆開了夏暖的手，下意識地後退了半步，似是特意拉開了距離。

夏暖點點頭露出微笑，轉過身便離去。

依稀還看見滕子謙一副欲言又止的表情，但夏暖故意不再回望。

有點古怪呢……

夏暖呆呆的看著手機，不時查看有沒有新信息。

平日滕子謙總會不時向她搭話，夏暖口裏在埋怨，內心卻無時無刻在期待。但由昨天分別到現在，滕子謙也沒傳過一個信息給她。

自己到現在還是不夠坦率呢。

今天是學校假期，緊接便是周末，即是說足足有三天時間沒法見到滕子謙。哎，自己在數算甚麼奇怪的東西呢？為甚麼我要想著何時能看見他而倒數和期待？

「暖，在幹甚麼呢？」江阿姨探頭到房門前問。

「沒甚麼。」整個早上，夏暖都只是躺在牀上發呆。

「今天不出去玩嗎？」

過去夏暖根本不擅長與別人交際，與其費盡心力與人交往，不如留在家中。

直至近日才有了些微改變。

江阿姨是關心自己再次打回原形嗎？從前自己並沒有發覺，江阿姨其實一直以誠惶誠恐的心態關心自己，既不想過於嘮叨惹自己生厭，但又不住想要探知自己的心情。

夏暖又想到那破了的風鈴。

只要聽到風鈴的叮叮聲，她的內心會變得平靜。

「江阿姨，之前那串風鈴呢？不如把它掛起來吧。」

「可是那已經破了啊。」

「沒所謂啦，還是能用的。」

說著夏暖輕跳下牀，拉著江阿姨到客廳取回放置風鈴的盒子，再度把它掛到窗邊。

「小心一點呢。」江阿姨一臉歡顏。

夏暖輕撫著修補好的風鈴部件，喃喃的說：「裂痕還是很明顯觸得到的呢。」

江阿姨苦笑說：「破了就是破了，就算怎樣修補，裂痕還是會存在。」

「存在就讓它存在啊，本來人生就是不可以重來。」夏暖輕快的說。「發生了的事無法回頭，忘記了也不等於沒有發生過。這個裂痕，是一種警惕，也是一種提醒——讓我們要更加珍惜。」

曾經捨棄過的，難得有第二次尋回的機會，自然應當更加珍惜。

「真不像暖平日說的話呢。」

「大概是平日被朋友說教得多了。」

「今天……不和朋友上街嗎？」江阿姨用字還是小心翼翼。

「留在家。」

夏暖敞開窗戶，讓微風徐徐飄送，風鈴也隨之發出清脆的聲響。

「江阿姨，就這樣子，陪我坐坐吧。」

江阿姨會意的笑。

「阿姨很高興，最近暖變得開朗了。」

「因為，交到了重要的朋友。」

「男孩子嗎？」

「是……」

夏暖又急忙補充。

「當然也有女孩子……」

「交往了沒有？」

「還沒有啦！」

怎麼每個人總是要這樣問？

「我不會反對的，有機會帶他來吃頓晚飯吧。」

「有、有機會再說吧。」

看在滕子謙一直這麼照顧自己，假如真的招待一下他當作回報，倒也不是不行。不過，如果真的邀請滕子謙上家來作客，江阿姨肯定會亂想甚麼的。

然後來到了下一個上學天，滕子謙的座位已經空空如也。

第四章：離別與再見

剛踏入教室的夏暖，登時已察覺一種與平常迥異的氣氛。

自己在受注視。

不是善意，但亦非惡意。

反而似是一種充滿憐憫的眼神。

同學的表情失去了活力，教室籠罩著沉重的氣氛。

然後，夏暖如常地望向那個角落，一個過去能讓她安心的避風港。

空空如也的座位。

明明上學總是比別人早的他。

「應該有人要告訴我，這是甚麼的一回事吧？」

彷如自言自語，卻又像是對所有人的問話。

可是，沒有人回應夏暖的提問。

「胡子來了！」有同學喊。

同學都相繼返回座位，教室迴盪著桌椅挪動的沙啞聲。

班主任胡老師步進教室，同學敬禮，點名。

夏暖察覺到，胡子老師點名時曾把視線投向滕子謙的座位，但卻沒有唸出他的名字。

點名完畢，胡子向同學交待了一些學校活動瑣事。

「唔……應該有部分同學已經知道了的……」胡子的語調略顯得生硬。「就是關於滕子謙同學的事，滕同學已經辦理退學了……」

咦？

「據說是父母要到外國工作……」

哎？

「由於時間倉卒，因此不會再回校了。」

啊？

「如果大家平日有與他聯繫的，就跟他說聲再見吧。」

這是哪門子的老套橋段！

今天難道是愚人節嗎！難道所有人合謀來欺騙我嗎？

夏暖正想像下一秒之後，滕子謙會跑進教室來，和全班同學一起取笑自己驚慌失神的狼狽相。

可惜，現實比惡作劇更平凡，也更殘酷。

夏暖一時間像是血脈奔騰，漲紅了臉，意識漸覺天旋地轉。

「難得成為了同班同學，不過請大家也祝福他……」

夏暖雙手勉力托著額頭，眼睜得老大的，說不出話來。

忽然有人在旁扶住夏暖的肩膀。

「看見妳這個不中用的樣子，真讓人擔心呢，妳是沒有長大的嗎？」

姚夏希眼神中似是帶著憐憫。

在夏暖出神之間，胡子老師已經離開了。

「妳是一早知道的嗎？」夏暖問。

「是。」

「那為甚麼——」

姚夏希像早料到夏暖會這樣問。

「是滕同學說要保密，他說會親口跟妳說的。」

「說甚麼呢，他明明——」

「是沒法子說出口吧。」這次換商心悠打斷夏暖的話。「特別是對妳……」

姚夏希又說：「他有多著緊妳，在班上已是無人不知，當事人的妳該不會感覺不到吧？」

「可是……為甚麼……」

夏暖的思緒如失去支柱崩塌的建築。

「這是妳倆之間的事，我們不便多加意見。」姚夏希輕嘆了一聲。「不過，我姑且給妳一個重要的情報吧。」

夏暖愣了一愣。

「之前我見滕子謙曾鬼鬼祟祟地在妳的儲物櫃前徘徊，應該是給妳留下了點甚麼吧？」

夏暖聞言疾步撲向自己的教室的儲物櫃。

顫抖著的手，笨拙地打開櫃門。

本應不存在內之物。

一個潔白的信封，上頭只寫了一個小小的「暖」字。

「現在還有人這麼好心機親筆寫信，可真是個怪人。」商心悠說。

「我知道現在說甚麼妳也聽不進耳內，我也不打算安慰妳，如果妳想遷怒於我們替他保守祕密亦無妨。我只是想妳知道，要幫忙的話，可以找我們，這世上不止滕子謙一個對妳好，我們也是暖的朋友呢。」姚夏希一股勁說完，隨即拉走商心悠，留下夏暖一人獨處。

夏暖打開了信封，抽出信紙，裏頭是滕子謙熟悉的字跡。

暖：

很高興認識妳。能夠和妳交朋友，我很高興，也知道自己很自私。明明知道自己快要離開，明明知道可能不會再見面，但我還是和妳交朋友了。

妳還記得嗎？我曾對妳說過，說再見是很重要的，但正因為那麼重要，我竟然連對妳說一句再見的勇氣也沒有。話是說得那麼好聽，做上來卻是如此有心無力。

這樣的我也只不過是個騙子而已。

因此，最後我很想和暖說。

對不起。

謝謝。

子謙

說再見，夏暖的確沒有這個習慣。

大概是因為滕子謙深知自己能和別人相處的日子不多，因此才這麼重視那一句再見。

還記得有一次，滕子謙忽然對她說：「暖，有件事我留意很久了，妳很少對我說再見的呢……」

「咦？是嗎？我沒在意……」夏暖偏過頭。

「是啊，所以我才想告訴妳，一句普通不過的再見，其實是很重要的。」

「為甚麼一定要說再見？我只會重視真正不再見的再見，平常又不是生離死別的重要關頭。反正明天上學還會再見的話，就不用刻意去說。」

「暖，我問妳啊……假如妳今晚就死了那怎麼辦？」

「怎麼說到這麼不吉利的事？」

「如果今天我沒有對妳說再見，而妳今晚就死了，我豈不是沒法與妳道別了嗎？」

「就算是這樣，那就沒辦法了啦。」

「並不是沒辦法——」滕子謙否定說。「既然是重視的東西，那就在每一次分別的時候都好好的說再見，這樣就確保不會留下遺憾。『再見』這個詞彙作為道別話意味深長，明明是分別時所說的話，但表達的卻是『再次見面』的意思。並不單純是『你好嗎』那種問候，而是一種期盼，代表『希望能再次相會』之意。」

「好、好，你的想法我明白了。」

「然後呢？結果妳也是打算聽過便算吧？」

「給你看穿了。」夏暖吐舌。

「都猜到妳是這樣……」滕子謙輕嘆。「總有一天妳會明白的吧。」

「可是，就算你這麼努力去做這麼多事，難道你就能確定不會出現遺憾嗎？」

「是不確定，但至少也要盡力去做。與其煩惱不知會否有結果，倒不如先行動吧。就算沒有結果，至少最後留下的遺憾，並不是自己甚麼也不曾去嘗試過的遺憾。」

「原來如此。」

「裝出一副想通了的樣子，回到家後妳肯定就忘光光了，我不會再被妳騙倒的了。」

夏暖回想滕子謙當時的苦笑，內心準是為不中用的自己而難過吧。

可是，只不過是到外國而已，怎會沒有機會再見！怎可能連一句告別也不說就跑掉！明明以他的個性，要交朋友應該很容易，為何最初總是拒班上同學於千里之外，和自己一樣孤僻。因為知道離別會傷感，因此寧願不去建立關係。這樣只不過是逃避問題而已。

離別沒錯是很傷感，但連再見也不能說豈不是更難過嗎？既然不是永遠不能再見，為甚麼你寧願一句話也不說的跑掉？

夏暖忽地全身乏力地跪倒地上。

不單是因為滕子謙的離去，而是還有更多早已埋葬於記憶深處的痛苦使然。

可是，人與人之間的離別，不就是這麼的一回事嗎？

人長大之後自然會發現，分別是無可避免的事。不管是感情轉淡而變得疏離了也好，還是各自有了新的生活圈子，朋友關係如果不好好維繫，相隔一段日子便會淡忘。

曾經多麼要好，最後都只是曾經。

「既然是朋友，為甚麼妳會完全不找我？」

「在妳的眼中，就是這樣去對待朋友的嗎？」

「不抱著誠意的話，不要裝作彼此是好朋友。」

記憶中的那個她，一字一句質問著自己，傷害著軟弱的自己。

是我一個人的錯嗎？是我一廂情願地以為我們是永遠的好朋友嗎？交朋友，豈不就是要時刻為對方著想，時刻看顧對方嗎？被別人倚賴的感覺很好，可是責任很重，壓力很大。交友，同樣令人失去自主。被一直珍視的朋友責難了，被埋怨了，被憎恨了。自己沒法成為稱職的朋友，懦弱的自己也沒法給予朋友支持。不想再承受這樣的傷害，夏暖從那次之後決定，不想再與人交心。

直至遇上風鈴。

直至遇上滕子謙。

一天的課完結，夏暖對此毫無記憶，只待下課鐘聲一響，便匆忙趕返家中，去找那個讓她可以安心的人。

風鈴，這時候的妳，一定會在的吧。

夏暖內心在期盼，實際上也是相信，認定風鈴在這個時刻，一定會在等候她的呼喊。

夏暖連線到虛擬相連，隨即向風鈴發出信息。

【唯缺：風鈴，妳知道紫千已經退學了嗎？】

【風鈴：我知道了。】

【唯缺：妳也是一早知道的一個，就唯獨我是最後知道的吧！】

【風鈴：妳難過嗎？】

【唯缺：乍聽到的一刻，我已經錯愕得說不出話來了。】

【風鈴：可是，那也是沒法子的事吧。難道妳認為可以改變甚麼嗎？】

【唯缺：我知道，可是，我不甘心。】

【風鈴：長大後妳會發現這是無可奈何，卻是很難避免的。就算是我，也不能永遠待在妳身邊的。】

與人分別是人生必經的，夏暖都明白，可是，如鯁在喉的不快，卻壓得她透不過氣來。

但是，如今的她，還能夠做甚麼？

【風鈴：暖，妳還記得Caloid吧？】

【唯缺：記得。】

Caloid是以往她們在虛擬相連遊戲中的公會會長。

【風鈴：早前Caloid表示要到外地工作而會停止上線一段時間，還把會長職位讓給他人，妳還記得自己當時說過甚麼嗎？】

夏暖對此還有印象，大意就是只要遊戲一天還在，大家的連繫依然不會中斷。

【唯缺：可是，紫千怎能夠與他相比呢？難道要我就這樣當之前的一切都沒發生過嗎？】

【風鈴：暖，妳終於體驗到這一點了。】

風鈴忽然語鋒一轉，起初她一直裝著冷淡應對，就是想要迫使夏暖道出心底話。

【風鈴：既然如此，妳就去把握最後的機會，把妳的心情告訴紫千吧。】

【唯缺：可是，我想不到甚麼辦法了……】

夏暖整天多次嘗試撥打滕子謙的手機，奈何他的手機一直處於關機狀態。

【風鈴：不是沒有辦法，而是妳沒有去做！】

夏暖彷彿感受風鈴語氣加重。

【風鈴：還是說，妳決定待紫千搬離這裏之後，繼續留在妳口中最喜歡的遊戲世界中與他組隊闖關？妳就甘於就這樣與他來往嗎？這並不是說因為他曾對妳做過甚麼，所以妳才要回報甚麼，而是更加單純的，妳自己內心的一份真心，妳是否願意付出努力，去為這個人做一點事？】

【唯缺：我可以做甚麼？】

【風鈴：去找他告別啊！既然妳會傷心難過，那就是妳並沒法接受他這樣的分別，那妳就去跟他來一個妳所期望的道別嘛！】

向滕子謙說再見，一句他最重視的再見。

【風鈴：暖，其實妳是喜歡紫千的吧？】

【唯缺：就算是不是也好，如今已經於事無補了。】

【風鈴：這是甚麼意思？難道妳就打算就此放棄了嗎？】

【唯缺：不，就算見了他，我也沒有信心開口。】

【風鈴：是啊，那不如由我代妳說？】

【唯缺：鈴，妳的意思是？】

【風鈴：我可以代妳向紫千說明一切的啊，包括妳想與他道別的心情，還有妳喜歡他的真實感受。】

夏暖沒法回應。

不知道該如何回應。

交由風鈴代表自己表達對他的心情，真的可以嗎？

【風鈴：暖，剛才妳是有一刻心神放鬆了吧？】

【風鈴：妳一定是冒起了「不如就把一切交給風鈴」的念頭了吧？】

【風鈴：直至今天，妳還打算一直抱著任何事也依賴別人的習慣嗎？】

給風鈴說中了。

【唯缺：但是，我做得到嗎？】

【風鈴：這種讓自己有藉口退縮的習慣妳要到何時才能夠擺脫？現在不是要求妳做到甚麼，而是妳想去做甚麼。】

我，想去告訴他。

明知不可能也想他留下的心情。

明知任性也希望他能繼續看顧我的心情。

既然知道他最重視道別，我就要向他好好的道別。

【風鈴：這些事妳是可以做到的，暖，妳比妳自己想像中還要堅強得多的。】

堅強？這根本完全沒法和自己扯上關係？明明自己做甚麼事都沒自信，又膽小又懦弱……

【風鈴：暖，妳坦白回答我，妳不想失去紫千這個朋友，是吧？】

【唯缺：當然。】

不管是作為朋友，還是一個喜歡的人，夏暖也不想與他分別。

【風鈴：且不說妳喜歡他的心意，如果妳把他當是妳重要的朋友，妳便明白應該怎樣做的了。我無法牽引妳走向絕對正確的道路，也沒可能讓妳立即安下心來不再害怕，但我會是妳最有力的同伴。妳內心擁有不想失去的東西，這正正就是妳珍貴的寶物。】

風鈴的話與滕子謙不謀而合。

【風鈴：暖，答應我。以後面對任何困難時，都要一直抱持守護這份寶物的心，妳便能變得堅強的了。去找紫千吧，不要怪責他，一定要與他和好，好好傳達妳最真的心情。】

【唯缺：鈴，能夠認識妳，真好。無論有甚麼不愉快或疑惑的事情，好像只要和妳談過後，心情都會變得豁然開朗。】

【風鈴：其實我並沒有幫助妳甚麼，這一切都是妳的力量，如果妳能夠想通和領悟到甚麼，妳應該好好感激願意反思自己的妳。】

【唯缺：我很羨慕妳擁有這種能夠包容一切的胸懷，鈴。我真的希望有天能變得像妳一樣。】

【風鈴：妳可以的，暖。】

風鈴一直都是這樣鼓勵著自己，相信著自己。

【風鈴：妳絕對能夠做到，因為我也做到了呢。】

此刻的夏暖，並沒察覺風鈴這番話背後的含義。

【唯缺：鈴，我答應妳。要妳擔心了，謝謝。】

「暖，妳認為怎樣才算是了解自己？」

彷彿毫無來由的，有天滕子謙忽然拋出了這樣的一個話題。

「清楚自己所做的事背後的原因？」夏暖試著回答。

「表面上是這樣沒錯，可是人其實是會不知不覺地說謊的生物，會欺騙人，也會欺騙自己。所以說到要了解自己，我們應該學習在說謊之後，也能察覺自己隱藏起來的真正心意。」

「很玄妙啊。」

「舉一個簡單的例子——暖，妳剛才對我說謊了吧？」

「哎？我……我哪有對你說謊？」

「是有的，雖然妳自己沒察覺，但妳說出了一些並非真心的話，嚴格來說就等於是說謊了。」

「我……我到底說了甚麼？」

「妳試著回想剛才我們遇見時發生的事情。」

那天放學後有數學科的練習課，因為是自由參與的，向來成績不濟的夏暖亦希望可以將勤補拙。但夏暖打算先往圖書館還書才回教室，卻碰巧遇上滕子謙。

「平常沒要事的話，我一向喜歡留在圖書館溫習或看書，沒那麼早回家。」

夏暖自言自語一般的說：「唔……該怎麼辦呢？現在回去教室的話，好像會妨礙其他同學，還是繼續留在圖書館溫習好呢？」

當下滕子謙的笑容確實有些嘲諷意味：「那就留下來當作陪我好了，暖。」

於是，夏暖就留在圖書館與滕子謙一句沒一句地聊。

「人不自覺地會掩飾自己的心意，雖然是嚴苛了一點，但我的確會把這些都歸類為謊話。」

「我……我到底說了甚麼謊話？」

「暖，當妳向我提出『應該回去教室還是留在圖書館』這個問題時……」滕子謙頓了一頓，緊盯著夏暖雙眼說。「其實妳內心真正的想法是——希望由我開口請妳留下來，是吧？」

「才不是——」夏暖衝口而出地否認，語音卻倏然遏止。

當刻自己的確沒有思索那麼多，但如果仔細推敲的話，她確實是抱著這想法沒錯。故意提出選項，想要由滕子謙作出符合自己心意的決定。

但是，就算真的是這樣也好，哪有人會這麼直白地戳穿女孩子的心意啊！

夏暖登時羞紅了臉。

「我沒有想讓暖難堪的用意，只是說明人就算下意識地說謊也好，最重要的是當下能夠發現自己內心隱藏的真正心意。」

「你知道我不太了解自己，我可能對自己也沒說真話，所以我認定是真話的話也可能不是真的。」

「這種推搪話還真是新潮呢。」滕子謙譏道。「人說謊，就是為了逃避現實。保護自己，收藏自己，武裝自己，避開不想面對的真實。不過，有時坦然地承受真實的傷害，其實也是一種快樂呢。」

這根本是一種被虐心態吧。

夏暖當時只在內心吐槽。

不過，現在夏暖的確了解了。

清楚知道自己此刻的心意。

雖然見面的結果可能會很痛苦，但她今次堅決選擇不逃。就算會受傷也甘願，因為這正是她此刻所了解自己的真正心意。就算見面了，也沒辦法做任何事，甚至連該說甚麼也想不到。可是，這句再見，夏暖至少也要好好的說出口。

因為，是你告訴我，說再見是很重要的。既然你說過說再見那麼重要，我就不會讓你失望，要好好地和你說一聲再見。不要再取笑我善忘了，明明你的話我一直都有記著！

可是，具有基本的意志，夏暖卻忽略了一個更現實的問題。她只知道滕子謙住在本區，但確實住址根本不知道。這可是非戰之罪，不是我不願意去做，而是客觀因素所礙沒法子辦到。就算不能道別，也是沒辦法的事了……

不！夏暖奮力搖頭。

不可以再給自己平日苟且的思想擊倒。

知道滕子謙住址的方法……有嗎？

是有的！

夏暖慌忙撥出電話。

「暖？妳應該是第一次主動致電給我的啊。」

「夏希，我有事拜託妳！」

儘管夏暖語調焦急，姚夏希卻還是不慌不忙：「是甚麼事？」

「妳知道滕子謙的住址嗎？」

「當然不知道，說實在我比妳還要跟他不熟稔吧。」姚夏希立馬回應。

「是嗎……連妳也不知道嗎？」

「妳竟然認為我會知道這種事，我才該意外吧？」姚夏希發出清脆的笑聲。「可是，暖，妳能告訴我原因嗎？」

「原因嗎……」夏暖輕輕嘆了一口氣。「我不清楚自己應該做甚麼，但總是覺得，必須要見他一面才行。」

「就算給妳找到他，那又如何？」姚夏希道出與剛才風鈴相同的問題。

「我……只想可以跟他親口道別。」

「但如果妳努力到最後，還是沒法子找到他呢？又或是找到他之後，說了道別之後，他還是一樣要離開，妳豈不是要承受多一次分別的痛楚嗎？」姚夏希接連追問。

「就算是這樣……就算最終結果只能是這樣也好，我都希望可以做我此刻想去做的事！」

「原來是這樣，」姚夏希似乎對這答案很滿意。「暖，就看在妳這句話份上。」

「咦？」

「等我五分鐘，我替妳查出來好了。」

「咦咦咦！妳不是說不知道的嗎？」

「暖還真是笨呢，」姚夏希嬌笑。「我的確是不知道，可是，我沒說過我沒辦法知道。」

「我是沒料到夏希也是會這樣轉彎抹角的人嘛。」

「明明時間那麼趕急卻還是連這種小事也堅持要分辯，看妳這麼在意我的評價，我就收回不說妳笨好了。」

「明明像是受了安慰卻丁點也高興不起來，反過來甚至像被落井下石了，這就是優等生程度的吐槽實力嗎？果真和我們不是同一個檔次的。」

「暖，妳再說我掛線了啊。」

「是說笑的啦……我知道夏希不會這麼狠心見死不救的。」

「這算是看穿我的個性還是穿扁我會心軟？」

「兩者參半吧。」夏暖開懷的笑。「可是，剛才夏希妳是故意戲弄我的嗎？」

「是故意的。」姚夏希大方承認。「總要測試一下妳的決心和覺悟，否則妳也對不住滕同學忍痛不與妳道別的苦心。」

「原來夏希也有這樣的一面嗎……」夏暖喃喃道，不其然又微笑起來。

「妳別裝出一副很了解我的態度。」姚夏希也笑著回應。

「不過，我也許應該高興的。」

「哦？」

「夏希會作弄我嘛。」

「暖，妳不會想透露自己其實是被虐屬性的吧？」

「我是的啊。」夏暖爽快地說。「特別是在夏希面前，因為我想這樣會比較有趣。」

「妳現在的口吻像極那個私自跑掉了的傢伙，真不知是好事還是壞事。」

「總之，謝謝妳，夏希。」

「小事一件，等我的信息吧。」

就如姚夏希所言，她不到三分鐘就發來了信息。

正打算跑出家門，江阿姨在背後喊：「暖，快要吃晚飯了，妳現在還要外出嗎？」

「抱歉，江阿姨，我有急事。」

「暖！」江阿喊再次叫住她。

「對不起，可是江阿姨，我……」

「我不是要制止妳，只是想跟暖說一句話。」

「唔？」

江阿姨和藹道：「既然能讓暖這麼著急，相信這事一定是很重要的了，因此妳要記著：無論如何，都不要作令自己後悔的決定。」

「我知道了，謝謝江阿姨！」

夏暖掛著笑臉出門。

雖然是去道別，可是夏暖還要竭力地告訴自己，一定要懷抱著微笑。

匆匆趕到滕子謙的家，夏暖深深吸了一口氣，調整呼吸和情緒。

待會與他見面時，要保持鎮靜，好好的把話說出口。

「叮噹！」

夏暖按下門鈴。

應門的是一位年輕女士，穿著一身潔白的套裝，像是剛下班回來的白領一族。

「我……我想要找滕子謙。」

「妳是誰？」年輕女士嘴角露出微笑，瞇著眼盯著夏暖。

「我是滕子謙的同學，妳是滕同學的……姊姊？」

年輕女士以手掩著嘴誇張的笑說：「我是滕子謙的媽媽

啦，現在的女孩子還真會說話，我年紀也不少了。」

滕子謙的媽媽看上去確實很年輕，比江阿姨還要年輕。

夏暖怯生生的問：「請問……滕同學在家嗎？」

滕太太下意識地別過頭望進屋內一眼，既沒張聲叫喊，也無意請夏暖內進。

「唔……你找我家的子謙有甚麼事？」

「我……我有重要的事情要對他說。」

「『很重要的事』……還真是微妙的說法，害我也好奇上來，那是一定要親口對他說的事嗎？」滕太太把手托在下巴，緊盯著夏暖。「可是身為子謙的媽媽，我可不認為有甚麼事是我不能夠知道的呢。」

「不、也不是這樣。」

「那即是怎樣啊？」

「只是……希望可以親口對他說。」

「話說得如此含糊，可說服不了我放行啊。」

「我有事要跟他說，麻煩妳叫他出來好嗎？」夏暖不禁咬緊了牙，語氣不自覺地加重。

滕太太對夏暖略嫌無禮和焦急的語氣無動於衷，逕自說：「看起來還真的很著急呢，應該是知道子謙要跟我到外國的事吧。說起來也是，這一去說不準沒十年八載也不會回來，假如有話想要親口說而錯過了這個機會，還真是不會再有。」

不慍不火的態度對急躁的夏暖來說顯然是火上加油。

「可是，我又不肯定子謙是否想見妳的啊……那我該如何是好呢？」滕太太又不自覺地把視線投進屋內。

夏暖只能想像滕子謙現在正躲在房間內避見自己，還事先告知母親阻撓來客，滕太太才會對自己百般留難。

雖然滕太太擋在門口，但夏暖還是不顧一切地扭過頭朝屋內喊：「滕子謙！你快給我出來！你不是說過無論面對任何事都不可以躲避的嗎！你現在算甚麼了！」

「呵呵，現在的女孩子還真膽子大呢。」滕太太登時展現出一副令夏暖既視感十足的戲謔表情。

就跟滕子謙過往成功戲弄自己時的表情一模一樣。

「且別著急，女孩子應該要注重儀態。」滕太太扶著夏暖的肩膀，安撫她說：「雖然，這種衝動我是不討厭的。」

夏暖微微躬身拜託：「無論如何，我都想要見他，請妳——」

滕太太打斷她的話：「不過，子謙他——現在不在家呢。」

夏暖一怔。

不在家？糾纏了這麼久妳才說？

不，說來夏暖自己確實沒有好好聽對方說話，又或是滕太太一直在刻意誤導自己去套話，回想她多次回望屋內的小動作略為刻意造作。

「我家的子謙竟然惹上妳這麼有趣的女孩，還真是有一兩下子的，真不知是怎樣的父母教養出來的。」

其中一個教出這種人的分明就是妳自己啊！夏暖總算知道滕子謙那種總是處心積慮捉弄別人的個性是怎樣來的了。

「那……他去了哪裏？」

「唔……妳是他的『朋友』吧？妳猜他最喜歡去的地方是哪裏？」

還不夠啊！還要打啞謎？

「就在離這裏不遠的商場，至於具體在哪裏，妳應該要找得到才對。」

真是一對可怕的母子。

「對不起，我失禮了，謝謝妳！」

夏暖道謝後急急離去。

滕太太所說的商場，剛才夏暖前來時曾經過，只是個商店不多的小型商場。

說到滕子謙會去的地方，怎想也只有一個吧？

書店。

商場內的書店並不大，而且只有一個出口，按理很容易找得到。

夏暖繞著書架逛了幾圈，還是看不見滕子謙的蹤影。

難道是已經離開了嗎？

夏暖再三確認滕子謙並不在書店，這才跑出店外，朝四處張望。

還是該回滕子謙家樓下守株待兔會較穩當呢？她可不想再面對滕太太多一次，最理想是在滕子謙回家前把他攔下。

先離開商場再說。

夏暖再次朝滕子謙的家走去，途中經過一個休憩公園。雖然穿過公園走過去是比較快，但當下天色已全黑，公園小徑相對昏暗，夏暖選擇沿公園圍欄外靠近馬路的人行道繞道過去。

走至半途，夏暖瞥見公園內那個熟悉的身影。儘管相隔著公園的圍欄，此刻要夏暖繞到公園入口並非不可為，但就算是半秒也好，她實在沒法子再多等。

「滕——子——謙！」夏暖像是一下子吐出肺裏所有空氣

般的喊。

正沿公園小徑回家的滕子謙一時顯得不知所措，循聲音來源看隨即發現隔在圍欄外的夏暖。

「暖？妳為甚麼會在這裏？」

「現在是我問你！為甚麼要這麼自私？一句話也不說就要離開？你這樣還有當我是朋友嗎？」

「我……對不起，暖，我無心傷害妳。」

「但你的無心已經在傷害我了。」

「對不起，我實在……」

「不要向我道歉，我要的不是這些！」

「對不起，我也……」

「你不用說，我明白的。」

明白的，我完全明白。你這樣做並不是為了自己，而是為了我。在期望親口與我道別卻說不出口的那些日子，對你來說已經是日復一日的煎熬。拖拖拉拉地過了一天又一天，你最終還是沒法與我道別。這不但是因為你不想面對，而是你知道我會難過。那天你牽著我的手，內心幾許躑躅，最終你卻選擇了沉默，改以信件去闡明你的心事。就算明知我知悉真相後也會覺難受，你仍然堅持這樣做。你忍痛傷害我，而這份痛楚早在我之前已像回力鏢般刺在你心底。在傷害我之前，你已經承擔上最沉重和最殘忍的報應。

「你明明說過，說再見是很重要的。」

說了再見，就是希望有一天會再次見面。

明明知道這是滕子謙的苦心。

明明知道他比自己還要痛苦。

但是……

但是……

對不起，風鈴，我恐怕無法遵守和妳的約定。

「滕子謙！」

夏暖卯起勁再一次喊他。

「我……我是不會原諒你的！」

奮力地搖頭，使勁地跺足。

「不會原諒，就算你怎樣道歉也不會原諒你，絕對絕對不會原諒你！」

淚水決堤了，視線模糊了。

「我會一直記著你，一直記著這麼討厭的你，直至你回來贖罪到我滿意為止！」

「不會原諒……嗎？」滕子謙痛快的大笑起來。「既然如此，我也收回我的道歉。」

「明明妳就是個有才能的人，只因為沒心情沒幹勁這種爛透了的慵懶心理影響，遇上挫折時就埋怨自己平日沒有好好用功，風平浪靜時又缺乏動力改進自己，墮進這樣循環的泥沼中，變得像現在一樣又懦弱又沒用，心態上總是不上不下的半調子！」滕子謙伸出手直指著夏暖。「說起來，其實我最討厭的就是妳這種人。」

「討厭我也沒所謂啊……」夏暖強忍住淚水。「反正在你回來之前，我不會原諒你，也不會跟你和好。」

風鈴，我好像把事情搞垮了。

我沒有如妳所言與滕子謙和好。

與其壓下悲痛地和好，倒不如盡情發洩不滿。

就如滕子謙所說，我就是這種不上不下的半調子。

不過，這才是更符合我主義的處理方式。

「所以你給我記住！你別妄想刻意避開我，只要你沒故意讓我找不到你，就算離別了多少年我還是會找得回你的！」

「嗯，謝謝你，暖！」

想要說的話，想要傳遞的情感，至此告終。

滿有默契地，兩人同時揮揮手。

「再見。」滕子謙清脆俐落的說。

相反，今次夏暖沒有立即回應。

直到望著滕子謙的身影遠去，夏暖才緩緩地吐出話。

「再見了。」

然後回到家，夏暖把自己鎖在房間內痛哭了一場。

雖然沒有改變甚麼，但她已做了自己能做的事。

就算自己最後甚麼也得不到，原來也可以很痛快。

很暢快。

可是，也很痛。

第五章：唯一與缺少

又是新一個上學天。

已然隔了數天，夏暖早上拖著沉重的腳步，踏進那個滕子謙已經不在的教室。

「嗨，早安！」

夏暖看著掛著笑臉朝她打招呼的來人，有生以來首次產生想要揍人的衝動。

雙手不其然握緊了拳頭。

緩緩抬起了手。

能夠冷靜下來嗎？

想要笑，想要哭，想要喝采，想要怒吼。

不行啊，那麼複雜的情緒，不發洩出來是不行的吧？

「還早安甚麼的！你這個混蛋怎麼會在這裏！」

給夏暖高聲指罵的滕子謙，只露出一副無辜表情。

「別提了，我也覺得很糗呢。」滕子謙攤了攤手。「明明想要瀟灑地不辭而別，最後還是被妳追上來痛罵了一頓，隔幾天又厚顏無恥地跑回來。」

原來你還體現到自己有多厚顏嗎？

「那又不是我存心計畫好的。」

「我覺得自己有種被欺騙感情的不爽，你把我的眼淚還給我！」

「妳還為我哭了嗎？真高興呢，暖。」滕子謙嘻嘻的笑。「不過一看就發現了，眼還腫成這樣。」

「說回實話，為何你突然又跑回來了？」

「這個……」滕子謙一臉難為。「真的要說嗎？」

「是不可以說的事情嗎？」

「唔⋯⋯」滕子謙微微撇過頭。「可以說⋯⋯是因為妳吧。」

夏暖一怔，臉頰忽地像遭火燒般發燙。

因為妳因為妳因為妳因為妳！

滕子謙的話在腦海不住迴響。

是為了我是為了我是為了我是為了我嗎！

夏暖乍然心頭狂喜，心跳加速砰砰躍動。

難道他為了我，與那個可敬又可怕的母親發生衝突，期間經歷了多重艱苦的試煉，最終才獲得母親首肯得以留下來的嗎⋯⋯夏暖不禁在腦海中補完了很多按理不可能在現實發生的橋段。

滕子謙只靦腆地向夏暖亮出手機。

夏暖定過神，細看上頭的信息。

寄件者的登錄名稱是「母親大人」。

「子謙：想不到你這小子挺行的，竟然招惹到這麼可愛的女孩特意來挽留你。既然這樣的話，出奇不意地把你留在這裏讓你在女孩面前說了走又走不了然後出糗相信會很有趣，所以我決定把你丟下了，你就留在這裏好好照顧自己吧！」

滕子謙搔搔頭說：「昨天想要出發的時候，媽媽趁我不為意時把我綁起來，然後將打包了的行李都丟在房間裏，留下這個信息就跑了。」

天下間怎麼會有為了這種理由而丟下兒子的母親啊！慢著，當中好像還夾雜了一些不得了的行為啊！

「然後她在駕車去機場的途中，已經替我續租了居所和向學校辦理了復學手續，真是想逃也逃不掉。」

說做就去做，真不愧為滕子謙的母親。

「我覺得自己有種被戲弄的不憤，你把我的感動還給我！」

「哦……」滕子謙刻意拉長尾音。「如果我說是特意為了妳而不走的話，妳會因此而感動嗎？」

「這……換了是誰也會吧？」夏暖羞澀得偏過頭。

「夏暖，我答應妳。」滕子謙忽然喊了她全名。「如果媽媽日後改變主意說要我跟她出國的話，我會為了妳而拒絕的。」

「你……」夏暖頓覺鼻子酸酸的。「你能拒絕得了你媽媽才說吧！」

「為了妳的話，我會做的。」滕子謙肯定的說。

「知、知道了，真的到那個時候再說吧！」夏暖逃避他的目光。

「唉……這兩位男女主角旁若無人地談情真不知是在演哪齣呢……」

滕子謙和夏暖一致朝發聲的人望去，只見姚夏希和商心悠坐在隔鄰的座位上，雙手托腮地盯視著兩人。

「夏希、心悠……早安！妳們何時開始在這裏的？」夏暖強裝鎮定。

「我們一直都在，是暖看不到我們罷了。」

「對呢，暖眼中根本看不見我們。」

「那不能怪她，誰叫我們是如此不起眼呢。」

「也是，我們怎樣也不及某人般閃閃發光的了。」

姚夏希和商心悠一唱一和地笑著說。

「夏希，別逗弄她了。」

幸好這時候滕子謙準會來打圓場。

「這麼快就護著她了啊？真不愧為暖的騎士呢。」

心悠妳別用這麼難堪的形容好不好？

「而且欺負暖很有趣，你可不要阻著我們尋樂子呢。」

貴為優等生吐出這麼過分的話不要緊嗎？

「不，因為戲弄她是我的專利。」

咦，這傢伙是不是說了比她們兩人合起來還要更討厭的話？

班會活動的籌備迫在眉睫，滕子謙和夏暖經常在學校忙至黃昏，直到校舍關閉才結伴離開。

寒冬漸去，初春乍臨，縱是黃昏時段仍顯得天清氣朗。

「慢著。」剛要越過馬路，滕子謙忽然拉住夏暖，還把她拖到街邊的商店內。

「幹甚麼了？」

「暖，妳的觀察力嚴重不足呢。」

「你又想說甚麼？」

「看那邊。」

夏暖從滕子謙示意的方向探頭外看，行人路前方站著商心悠和另一名男生。

「是心悠啊……可是我們幹嘛要躲起來？」

「暖妳是不懂看氣氛的嗎？那兩人散發的氣場，明顯是在告白吧。」

「告白還會散發氣場啊……」夏暖傻眼的咕噜說。「心悠一向都很受歡迎，這點事我倒是知道的。」

「妳是知其一不知其二呢，事情可不妙……」滕子謙一直緊盯著前方兩人的一舉一動。「妳該不會不知道男方是誰吧？」

夏暖瞇起眼細看：「不認識啊。」

「他是現任學生會會長的男友。」

「啊……」這代表他是很有名的人嗎？其實夏暖連學生會會長是誰也說不出。「哎，那他豈不是已經有女友嗎？」

「暖的反應總是這樣慢一拍，別以為這樣就可以賣萌啊。」

「我才沒有在賣萌……」夏暖白了他一眼。「那他怎麼還會向心悠告白？」

「誰知道呢，重要的是，無論心悠怎樣回應，事情恐怕都會變得大條。」

「此話何解呢，心悠大概會一如以往地斷言拒絕吧。」單是夏暖耳聞商心悠拒絕過的男生，恐怕都在十位以上了。

「暖，有時還真不知妳是單純還是天真，女孩子的妒忌心可是很可怕的。」

「你是在暗貶我不像女孩子嗎？」

「我哪會是這樣的意思，只是好心提醒一下，這事說不定還有下文呢。」

正如夏暖所料，商心悠想是乾脆地拒絕了那男生，獨自揚長而去。

「心悠都走了，那我們也離開吧。」

「暖，妳的觀察力嚴重不足呢。」滕子謙嘴角上翹，得意地重複著說。

「又怎樣了？」

「妳看那邊。」

就在夏暖所在的街道轉角另一端，這時又探出了一個熟悉的身影。

「你一早就發現了？」夏暖訝道。

「當然。」

「你的視力可真是意想不到的好。」

「這與視力無關，原因是因為——我，是個偵探。」滕子謙說著還作狀地輕撥一下瀏海。

「別裝酷，我連吐槽的興致也沒有。」雖然彼此都是推理小說愛好者，但夏暖實在對滕子謙愛裝模作樣的個性吃不消。

「要前去搭話嗎？」

「難道裝作看不見嗎？」夏暖反問。

說著夏暖往前走，從後一把搭著前方那人的肩。

「夏希！」

「哎！原來是暖啊……真是嚇壞我了。」姚夏希顯得驚魂未定。

「如果來的是心悠，那才真是會嚇壞呢。」滕子謙自她們身後說。

姚夏希登時會意：「原來你們都跟著心悠嗎？」

「不，我們並沒跟蹤，只是偶然碰到。」滕子謙解釋。

「哦……那就是兩人親愛地逛街而已。」

「夏希妳又說這種話了……」夏暖抿起嘴不滿道。

「逗妳玩笑的啦……」姚夏希嘻嘻的笑。「那就是說，剛才的事你們都看到了？」

「嗯，這種事倒也見怪不怪了。」

「唉……如果真的是這樣的就好了。」

「暖一向都比較後知後覺，夏希妳別怪她。」

「這我倒不會，可是暖直到今天還是那麼單純和天真，可真令人擔心呢。」

「這個我剛剛都唸過她了，可她就是聽不懂。」

夏暖內心頓覺有點不是味兒，這並非因為兩人的嘲諷而生氣，反而是因為自己總是遲鈍而後知後覺，如果這是一部小說的話，自己肯定是主角旁邊只會誤事的配角。

「哎呀，不要打啞謎了，你們可以解釋得清楚一點嗎？」

滕子謙訕笑：「暖，妳應更加謙卑的說：『麻煩你們解釋到連我這個笨蛋都聽得懂好不好』這樣嘛。」

夏暖不快的沉聲道：「你還要在說笑嗎，我可不想再拖拖拉拉的浪費時間。」

「妳也清楚這傢伙惹人怨的個性，妳若是生氣便正中他下懷了。」姚夏希白了滕子謙一眼。「反正這事恐怕不會那麼簡單完結，或許暖也有幫得上的地方。」

「那要不要坐下慢慢談？」

「好主意。」姚夏希點點頭。「但沒你的份兒，滕同學。」

「夏希妳打算過橋抽板了？」

姚夏希傲睨著他說：「憑你的能耐在暖面前耀武揚威就成，在我眼中可不值一哂。接下來的是女孩子私密談話時間，你就給我滾蛋吧。」

滕子謙看穿她的刻薄話是故意替夏暖出氣，也識趣的笑說：「那小人在此告退，暖就交給妳了。」

姚夏希揮揮手示意。

夏暖心頭隱約冒出了莫名的刺痛，偶然看到姚夏希與滕子謙一唱一和的互動，那種默契究竟是如何培育出來的呢？

這算是羨慕嗎？一如滕子謙所說，夏暖的確想過成為姚夏希這種人。

可是，她始終不是她。

她亦自問自己做不到如她一樣的事。

這種想要努力但有心無力的挫敗感，比之前一直不求改變安於現狀更致鬱。

如同滕子謙和姚夏希所料，事情並沒有想像中那麼簡單，而且比夏暖料想的更嚴重得多。

就在隔天，各種流言在整個學校都鬧得熱哄哄。諸如說商心悠不知羞恥，對學生會會長的男友死纏難打，被拒絕後為了掩飾出糗才反過來說自己是被告白的一方等。

午休時間在食堂用膳時，夏暖等人一直承受著其他學生異樣的目光。

不習慣受眾人注目的夏暖，既不自在，又難受。

但與此同時，心頭積壓的憤慨愈來愈重。

「真不知自量，竟然搶別人的男友！」

「虧她還有臉來上學！」

各種難聽的挖苦和嘲諷不絕於耳。

可是商心悠卻彷如若無其事，繼續與姚夏希談笑風生，叫夏暖在旁更是如坐針氈。

「裝作沒聽見就以為可以置身事外，真無恥！」

「糗成這樣還敢在這丟人現眼！」

夏暖終於按捺不住倏地站起來，朝著說閒話的學生吼：

「妳們說夠了沒有！事情根本就不是這樣的！」

該學生聞言卻裝傻道：「妳在生氣甚麼？又不是在說妳！」

夏暖還想要回嘴，身旁的姚夏希急忙按止著她：「暖，冷靜下來吧，妳這樣做是無補於事的。」

「可是她們這樣說心悠……」

商心悠也拉著夏暖離開說：「她們想怎樣說就隨她們去吧，我才沒興趣參與這種小孩子般的吵架呢。」

待三人走遠後，姚夏希這才說：「暖，妳剛才太衝動了，動氣只會令對方得逞而已。」

夏暖當然知道自己的行為魯莽衝動，過去常認為自己融入不了別人的朋友圈子，可是現在又認為自己不能為朋友做點甚麼，覺得自己在她們身邊只是個負累。

「難道就由她們去嗎？」

「倒也不是，可是妳沒想過妳與她們吵起來，只會令心悠的處境更難堪嗎？」

「我……我只是想幫助心悠，替她出氣，為甚麼……為甚麼弄得好像是我不對一樣……」

「哎呀呀……」姚夏希瞇起眼睛笑說。「夏暖啊夏暖，妳何時變得那麼了不起，還放話想要幫助別人，明明自己還一直一副楚楚可憐等待別人拯救的樣子……」

夏暖登時語塞。

姚夏希倒是說得一針見血，雖然她那種彷如滕子謙一樣的口吻叫夏暖又氣又好笑。

可是，就算最終的結果是壞了事，但夏暖深知自己那份想要幫助心悠的心，絕不虛假。既然把對方當成重要的朋友，懷著想要為她做點甚麼的心，也是理所當然的吧。

商心悠這時忽然趨前擁上了夏暖。

「唔？怎麼事了？」夏暖一時不知怎生反應。

「暖，其實妳沒有錯。」商心悠幽幽的說。「當然，夏希也沒有錯……」

姚夏希也笑著加入兩人的擁抱：「雖然事情令人難受，但是我們都沒錯。」

商心悠附在夏暖耳際說：「我知道自己沒錯，但為甚麼我要受這樣的罪？」

夏暖聽出她語帶哽咽。

「因此，暖，謝謝妳替我出氣……」

夏暖不自覺地擁緊她，從肌膚貼近的觸感，分享彼此的溫暖，還有相互了解和支持的心意。

表面裝作不在意，只是不想讓散播流言的人得逞，但事實上商心悠一直只是在逞強。她不如姚夏希般剛強，但亦沒夏暖那麼喜怒形於色，懂得察言觀色的背後，就是一直在壓抑自己的情感。她理性上知道應該怎樣圓滑處理，感性上仍少不免怨懟難受。

向姚夏希撒嬌的話，大概只會得到客觀理性的回應和安慰。但對著夏暖，商心悠反而可以任性地發洩自己的不快。夏暖這才領會，擁有能互相分享情緒的朋友，原來是這麼美好的一回事。而且，這種真實和親密的觸感，確是在網絡世界所交的朋友無法取代的。過去一段長時間拒絕與人交心的自己，究竟錯失了幾多寶貴的東西呢？

然而，在這份懊悔的背後，她內心還有一絲悵然若失。

再次體驗到與朋友內心連繫一線的滋味，卻愈發令夏暖更覺與風鈴的交往有所缺失。

她很渴望與風鈴的交往，能夠向前邁進。

不再僅局限於網絡。

但是，她卻懼於再次向風鈴訴說這個問題。

一方面想要諒解對方的隱衷，卻又另一方面不甘於維持目前的關係。

回家後如常連線上網玩遊戲，如常地與風鈴一邊闖關一邊閒聊。

一切都沒有改變。

儘管，夏暖很想改變這個狀況。

但是，她卻怯於開口，只是隨意聊著與姚夏希和商心悠一起時的趣事。

【風鈴：暖，到此刻妳該明白到，這才是交上朋友的真正滋味呢。】

【唯缺：可是，就算是這樣，鈴在我心目中仍是無可取代的。】

雖然和姚夏希等人相處得很開心，但夏暖仍然不會忘記，最初把她從黑暗的深淵拯救出來的，是風鈴。

【風鈴：不過，看來今次是輪到我向妳道別了。】

【唯缺：道別？那是甚麼意思？】

【風鈴：就是說我們未必能夠再見了，不過，現在暖已交上不少好朋友，我也可以放心了。】

【唯缺：鈴，雖然我最近可能是較忙而少了上線，但妳在

我心目中，還是最重要的啊！】

【風鈴：我並沒介懷，或者說，我一直也期待著這一天才對。暖，難道妳還沒察覺我不能和妳見面的原因嗎？】

【唯缺：我不知道，雖然我真的很想見妳，但我已經想通了，妳既然不對我說，想是有妳的苦衷。】

【風鈴：我不是不願意，而是根本不能夠辦到。】

【唯缺：不能夠？為甚麼？】

【風鈴：暖，經歷了之前那麼多事，妳應該是時候察覺才對的呢？】

一直不願現身於人前的風鈴，夏暖的確曾經對她的真實身分冒出了那個想法。

可是，她下意識逃避了那個殘酷的推斷。

【唯缺：鈴，難道妳是？】

夏暖敲打鍵盤的手不住在顫抖，不敢輸入那個關鍵詞語。

【風鈴：相信妳已猜對了，答案就是這樣沒錯。】

【唯缺：怎會這樣的？】

以風鈴這麼善良和堅強的人，怎可能會是……

【風鈴：過去那些事不提也罷，所以我知道自己總有一天會離開，真正的與妳分離。】

【唯缺：我不要！我不想這樣！】

【風鈴：別孩子氣了，暖。現在還有紫千陪著妳。】

【唯缺：紫千怎麼可能代替妳！】

【風鈴：可以的，紫千是一個溫柔的好人，所以我才請求他在妳身邊守護妳。】

【唯缺：鈴，妳說妳……請求他？】

滕子謙早在自己之前已認識風鈴，這點夏暖是知道的，可是，若說風鈴請求滕子謙守護自己……風鈴最初應該不會知道紫千就是滕子謙吧？

【風鈴：我只是請求他好好代我守護妳，而且他也做得比我想像中好。】

【風鈴：當妳軟弱難過的時候，就不要把一切重擔都扛在身上，倒不如把所有事都交託給紫千吧。】

【風鈴：他一定能夠好好照顧妳，引領妳向前的。】

不對，這是不對的啊。

夏暖思緒滿是困惑，風鈴毫無疑問是事事為她著想，決不會加害自己的人。

可是，夏暖卻首次對風鈴的忠告感遲疑。

不應該是這樣的。

自己不應該這樣做。

雖然這是風鈴的建議，但夏暖還是下意識抗拒了。

而且，更重要的是，夏暖內心湧現了一股莫名的懼意，令她不自覺地渾身發抖。

就連只是單純的空想也無法負荷的重量。

如果這一切都是風鈴的安排……

這時，夏暖的手機收到了滕子謙傳來的信息。

「暖，今天有沒有好好努力呢？可是也不要太勉強自己，如果悶著無聊想轉換一下心情，就找我聊天散步吧。」

是滕子謙一直以來的問候和鼓勵，每次夏暖收到他的信息，就會覺得他時刻都守護在自己身邊，自己並非孤身作戰。

但，這一切的意識忽然顯得迷糊了。

她無法從信息中看到滕子謙的臉。

她看不見。

他的內心想法，他的言語，他的臉孔，逐漸遭一重又一重的迷霧掩蓋。

自己一直認識的這個滕子謙，到底是誰？

夏暖一股勁地回覆了滕子謙的信息。

「你老實回答我，你對我，有朋友以上的感情嗎？」

夏暖過去總是顧慮別人感受，言語往往詞不達意，可是當下她的疑慮實在太深了，再沒思緒去修飾揣測。

滕子謙很快便回應了她的信息。

「我不會在手機信息回答這種問題。」

夏暖心頭有氣，肆意宣洩一直積聚起來的不滿。

「我們根本不像是朋友，更像是你單方面的守護，而我沒有甚麼理由去接受。你給了我一種不明確的感覺，我不想以這種方式相處。而且，我都鼓起勇氣來問你了，你還想繞圈子繞到甚麼地步？無論你是否願意解釋你對我的感情，我也希望你明白我的想法。」

確認信息發出後，夏暖下意識地切斷了手機的信號連線，把頭陷進枕頭內。

怎麼辦？雖說是乘勢把事情說白，但萬一是自己誤會了的話，肯定是會被討厭的吧。對於自己耍笨地切斷連線信號來延遲接收對方的回覆，更讓夏暖自覺懦弱得沒救了。

深深吸了幾口大氣，夏暖這才重新啟動手機連線信號。

滕子謙果然回覆得很快，一下子已累積了五個新信息。

「妳現在給我出來，我告訴妳答案。」

「咦？」

「哎？妳這個笨蛋竟然逃了？剛才的勇氣跑到哪裏去了？」

「回來啊……」

「喂喂，有人在嗎？」

自己窩囊糟糕的想法及行為全都給他看穿了。

夏暖勉力止住急速的呼吸，然後才回覆信息。

「對不起，我剛才逃了。」

「我知道。」

夏暖還在猶豫，滕子謙又拋下了一句。

「甚麼也別再說，我現在來找妳，妳給我做好心理準備。」

約定了時間和地點，夏暖方覺懊悔。

自己會否太衝動了，事情進展至此，恐怕無法收拾。

硬著頭皮應約，本來想說的話，夏暖卻是一句都說不出口。

更厭煩的是，二人碰面之後，滕子謙還在若無其事地扯談，就像剛才的事沒發生過一樣。

「怎麼了，暖？為何一直不說話？」

你終於察覺到了嗎？

「你來這裏不是說這些事的吧？」

「對呢，妳要說那件事啊……」滕子謙擺出明顯在裝蒜的恍然大悟表情。「我不知道妳在尋求怎樣的答案。換一個說法，假如妳認為這樣的相處方式有問題，那麼我要怎樣做才會令妳舒坦一些呢？」

不對，我根本不是想要這樣的回應。

夏暖沒作聲，僅以輕微的幅度搖頭。

「只要是妳說的，我都會儘可能配合。正如我過去所說，如果妳有討厭我的地方，一定要說出來讓我知道。」

不對，由始至終你也沒有回答，沒有回答所有問題。

我並非是在討厭你。

但是，我討厭如此不清不楚的局面。

「沒錯，我確實是討厭這樣呢……」夏暖喃喃地吐出話。

「嗯？」滕子謙側著頭看她。

「是的，我真的很討厭這樣……我討厭這種麻煩事，我討厭你甚麼都不回答，我討厭你總是在繞圈子！」

「生氣了呢，」滕子謙苦笑。「暖生氣的樣子，我可是第一次看見。」

「我可不是在跟你開玩笑。」

滕子謙不其然深深吸了一口氣，像是鼓盡了勁才可以吐出話兒：「暖，妳應該知道風鈴總有一天會離開的事吧？」

「風鈴的事，你一早已經知道？」

「嗯，雖然不比妳早多少，而且有一半也是用猜的。」

「然後呢？你到底想說甚麼？」

「事到如今或許我必須要坦白，我並沒有妳想像中那麼了解妳，就算是妳的好惡妳的過去，其實也因為有風鈴在背後獻計。妳甚至可以說，這個在妳眼前的我根本是假的，只是由風鈴打造出來一個讓妳感覺完美的對象而已。」

「為甚麼？為甚麼你要這樣做？」

「風鈴很關心妳，一想到妳經常悶悶不樂，覺得需要有一個人在身邊支持妳、守護妳。風鈴知道我和妳是同班同學，就懇求我擔當這個角色。相連人的事件是一個契機，把現實的我和紫千的身分連繫上。」

當初風鈴慫恿夏暖與紫千一同調查相連人的事，背後原來還有這樣的用意。

「暖，妳的個性其實很容易會依賴人，只要對方願意聆聽妳的苦惱，已經能給妳帶來極大的安慰和支持。說上來簡單，但很多朋友之間說不定連這樣基本的事也做不到。風鈴拜託我的事，不過就是擔演一個最好的聆聽者。妳只是希望有人了解妳，願意聽妳吐苦水，說一些廉價的安慰，對妳來說已經很足夠了。只要我擔當一個隨時願意安慰妳的角色就行了，為此我也出了不少力。特別是要成功說服夏希幫忙，若要照本敘述出來還真是驚心動魄的大長篇呢。過去妳總是在答謝甚麼，事實上我不覺得自己做了值得妳感恩的事情，因為我只是在做我想做的事。」

「難道你要說，你對我好的一切一切，都只是你的演技嗎？就是因為事情很有趣，愚弄我很有趣，把我當成實驗品很有趣嗎？」

「沒有，我並沒有這樣的想法。」滕子謙刻意避開她的眼神。「風鈴曾經說過：『相隔於網絡世界的我，有太多想做而做不到的事。』雖然只是文字信息，但我可是完全感受她對妳真摯的關懷。然後，世事就是有那麼湊巧，我和妳原來是同班同學，於是風鈴便以組隊之名先讓我們在『虛擬相連』中認識，繼而藉尋找相連人的事讓我們相認。雖然只有很短的時間，但她相信我可以做到，而事實上往後的發展都在風鈴預料之內。」

「那之前你要移居外國的事又是怎樣？」

「本來我也是答應風鈴照顧妳數個月而已。」滕子謙苦笑。「反正是風鈴的話，一直都只是在網絡上往來，就算真的移居外國也沒差。」

「那我呢？把我一直蒙在鼓裏就沒問題嗎？」

「我、我並沒有存心想要欺騙妳的。起初我的確是為了風鈴，但其後我是真的把妳當作重要的朋友的。風鈴很希望妳可以重新相信人，打開心窗去結交朋友……」

「但你確實是在欺騙我，還有風鈴也在欺騙我！」夏暖強忍著湧眶的淚水。「那你對我……對我……究竟、有沒有……」

「當初我在意的，是風鈴，在『虛擬相連』中認識的風鈴，對所有人都是一樣親切良善的那個她。」

夏暖近乎歇斯底里的喊：「你們到底要自以為是到哪個地步？憑甚麼總是斷定我所有事情都做得不夠好，憑甚麼硬是看扁我不靠你們的力量就交不到朋友？我就是差勁又不濟到沒有你們的協助就活不下去的嗎？」

「那麼……」滕子謙輕輕嘆息搖頭。「葉韻的事，妳已經放下了嗎？」

夏暖聞聲不其然後退了兩步，失聲道：「為、為甚麼你會知道她……」

風鈴連這個也告訴他了嗎……

不、不對……

沒、沒可能的。

這根本不可能。

關於自己與葉韻的過去，就算是風鈴，就算對象是風鈴……

夏暖，也，沒有，說過。

這個名字，早就給封印在夏暖內心深處。

相比被雙親拋棄的痛苦。

相比與江阿姨多年相處的隔閡。

葉韻這個名字，是她更不願意提起的。

因為，這全然是夏暖的個人責任。

是少不更事的自己所犯下的罪孽。

葉韻是夏暖初中時的好朋友，兩人每天總是形影不離，相處融洽。有時會鬥嘴、賭氣、爭吵，但最終都會和好，仍然會說笑同行。

可是，就在面臨升讀高中考試的關頭，驟然而至的各種轉變和分歧，壓力大得叫人透不過氣來。並沒有激烈的爭吵和深刻的怨懟，僅僅是偶爾無法陪伴對方，偶爾會忽略了對方的感受，偶爾會因心情煩躁埋怨對方。

這是人之常情吧，可能每一個人也曾經歷過，也許每個人長大後都會笑著回想，當初為何會為這種小事而賭氣。

如果是朋友的話，應該是可以諒解的。

也許彼此都是抱著一樣的想法。明明說過彼此是好朋友，升學考試學業家人甚麼的，難道都及不上朋友重要嗎？

初中的小女孩，處理人際關係不夠圓滑，會因感情用事而傷人。只要其中一方願意開心見誠說出心底話，另一方應當是會諒解的。可是彼此都還是死腦筋，當下那些爭執與不和，一直沒有處理而拖延。誤解、分歧、期盼落空，無法同步的調子，各樣心結都糾成一團。漸漸的疏離，漸漸的不聞不問，繼而令這本應輕而易舉和好如初的第一步，愈發變得舉步維艱。

儘管深知這是扭曲的情感，但卻偏偏無法抹掉，直至它成了一道難解的結，繼而演變為一根不願觸動的刺。

「這只是微不足道的誤會，可是被動又怯懦的妳，不其然就把誤會的責任全推到對方身上。不設法去化解誤會，甚至任由誤會加深的妳，也是難辭其咎。」

滕子謙說的，夏暖都知道。

也正因如此，夏暖才痛恨自己的不成熟，亦愈發對人際關係覺無力及沮喪。世上沒有永久不變的關係，就算多深的羈絆，也可能會因為丁點的分歧而斷裂。

夏暖並非沒有為此反省，然而在悔疚與慚愧之下，她採取的卻是如同因噎廢食的消極策略。她不再相信自己能好好與人建立關係。不傷害自己，也不傷害別人的方法，就是不去建立，她寧願逃避，不去追求自己內心想要珍視的人際關係。

但與此同時，她內心還有存有另一根刺。彷若責怪自己當初的不成熟，累及自己失去了最好的朋友，她無法容忍一直糾纏在模糊不清的狀況之中。看似隨性的夏暖，卻並非優柔寡斷，做與不做之間往往相當決斷，只是個性慵懶的她時刻傾向選擇不處理的那一端。

就算要分別，也想與滕子謙道別的心情。

就算會難堪，也想向滕子謙求證他對自己真正的感情。

這一切一切都源於葉韻。

「暖，請妳相信，風鈴和我都是真心想幫妳。」

「我……不知道。」夏暖垂下頭。

「妳就打算靠著『我不知道』這句話來推搪掉一切，每當妳拒絕交流的時候，就會用這一句話完場。」

「可是，就算原因是甚麼也好，謊言就是謊言吧。」

確實如此的話，所有線索都連上了，從紫千加入組隊，到結識滕子謙，滕子謙對自己近乎狂熱的關切，全都是精心策畫的一齣戲。

自己只是這場滑稽戲的主角。

相比失落，相比羞愧，相比怨憤，更令夏暖無法接受的，是他們美麗的謊言帶來的撼動。

謊言。

謊言。

謊言。

謊言謊言謊言謊言謊言謊言謊言謊言謊言謊言謊言謊言！

兩個對我最重要的人，聯手對我說謊。

夏暖頓覺頭昏腦脹，天旋地轉。

無法面對眼前的現實，夏暖逃了。

回過神來，夏暖發現自己已經不聲不響地奔跑回家，瑟縮在房間一角。

逃走，逃跑，逃避。

可以逃去哪裏？

世界再大，也沒有她的容身之所。

她沒法再逗留在這個世界多一分一秒。

既然對這個世界沒指望，那就逃到虛擬世界去吧。

夏暖戴上「虛擬相連」的遊戲墨鏡，躺在牀上。

登入遊戲，首先是退出了所在的公會。這樣其他公會成員便無法檢測她的位置，包括風鈴和紫千。接下來，就操縱角色朝遊戲版圖中漫無邊際的荒野向前走。雖然自己只是牧師，攻擊力不高，但假如不參與任務的話，在荒野遇上隨機出現的敵人的機會很低，加上自己有大量魔法藥水在身，要全身而退絕非難事。

然後，就呆在一個沒有人能找到自己的地方，消失吧。

反正世上也沒甚麼值得自己留戀。

自己是個甚麼也做不到的人，不被任何人需要的人。

慢慢地，停止思考，放空意識。

看似所有條件都符合，說不定自己也會變成「那種狀態」。

不過，一切都沒所謂了。

滕子謙異常焦躁和不安。

風鈴和自己的出發點是好的，不論手段如何，只要能達到正面的果效，滕子謙自問無愧於心。

與此同時，他亦知道這個真相對夏暖來說極其殘酷。

假如可以的話，應該瞞騙她一輩子。

這實在是兩難的議題。

人應當有知悉真相的權利，但如果真相只會帶來傷害，是否一直保持懵然不知會比較幸福？

他無法代替夏暖回答。

唯有看著夏暖奔逃而去的背影，各種交錯的情感倏然在他的內心翻騰。

所有關於夏暖的一切。

影像、聲音、觸感、情緒，一幕又一幕的重映。

那些記憶中並不只有她，還有更多更多的人。

以夏暖為中心，圍繞著的那些臉孔。

本來薄弱而難以察覺的細線，彷如虛擬卻又真實地相連在一起。

他豁然大悟，瞥見那真正隱藏著的她的真貌。

他趕忙撥出電話，為最終結幕作好準備。

滕子謙來到夏暖家中，向江阿姨道明原委後，接獲通知的姚夏希和商心悠亦相繼趕至。儘管滕子謙沒詳細說明箇中內情，但在場各人無不曾耳聞相連人的傳言，也深明事態嚴重。

夏暖就像睡著了一樣。

睡得很沉。

外界一向把相連人比喻為陷入植物人狀態的病患者，但以滕子謙對相連人的調查和分析，相比醫學上把長時間昏迷的患者定義為「持續性植物人狀態」，相連人的狀況反為近似於另一種稱為「最小意識狀態」的類別。此類患者雖然持續昏迷，但面對外界刺激偶爾仍會有反應，意識處於閃爍游離、不夠穩定的薄弱意識狀態。雖然位處這種狀態的植物人並不代表蘇醒的可能性較高，但普遍比之長期無任何知覺跡象的「永久性植物人狀態」更具康復希望。

就算這只是自我安慰的妄自推斷，滕子謙一直堅信相連人並非無法救活。加上他得到了那個答案，他深深的相信，夏暖絕不會放棄自己。

滕子謙逐一掃視各人，現出安心的笑容。

「暖，在這裏有我，有江阿姨，還有夏希、心悠，風鈴當然也在線上。」

有大家在的話，一定可以救回夏暖。

「就像暖妳最喜歡看的偵探推理小說，到了要揭曉真正犯人的時候，偵探總要把所有登場人物都齊集一起。」

滕子謙乾笑一下，試圖舒緩凝重的氣氛。

「暖，我解開所有的謎團了，所以我要無情地拆穿妳的真面目。」

滕子謙深深吸了一口氣，卯足了勁的說。

「與虛擬相連，並不是妳真心的願望……」滕子謙坐到夏暖牀邊，輕輕撫著她的髮際，以說故事一樣的口吻說。「妳真正渴望相連的，是妳處身的現實世界，不是嗎？」

夏暖一直逃避的，根本不是殘酷的世界，而是自己的恐懼。

自己給予自己情感的枷鎖。

一直裝作不渴望感情的連繫。

「暖，妳渴望與風鈴見面，並不是因為單純出於好奇，而是妳真正想了解這個曾經幫助妳、拯救妳的朋友。」

「妳與江阿姨終於能夠促膝長談，那是妳以往覺得自己不配得到，但又一直渴望挽回的親情。妳失去了母親，她也失去了姊姊，妳明白到江阿姨與妳同樣面對失去至親的痛苦，感受到妳倆情感的連繫。」

「夏希平日又是損妳又是說教，妳不也是感覺被愛多於厭惡嗎？因為妳真正喜歡的，其實就是這種被別人在乎的感覺啊。」

「心悠和妳一樣都是個無用的愛哭鬼，但妳們一起擁著哭著笑著，不也是一樣感受到彼此的情感連成一線了嗎？妳也因為找到了與對方的最佳相處方式而欣喜。」

「還有我，唯缺對於紫千來說，夏暖對於滕子謙來說，都是不可代替的唯一。這並不是謊言——也許最初這是謊言，但相處日久，我才明白暖妳對我才是最重要的。」

夏暖一直以不善於表達感情、不懂交際作藉口，逃避與別人締造深厚的情感連繫。

「『唯缺』，我曾經不斷思考這個名字背後的意義，就連風鈴也沒法想得通。或許連妳自己也沒探究，只是靈機一觸浮現的字眼。可是，我還是相信這個名字的背後反映了妳的內心世界。我曾經以為，那是代表妳內心正渴求一種缺少的東西，但那是甚麼呢？是親情？是朋友？」

「可是，我現在終於明白了，『唯缺』不是妳『缺少』了甚麼，而是妳希望『成為』甚麼的一個心願。妳想成為一個能和別人內心連成一起的重要的人，成為別人心目中唯獨不能缺少的存在。擁有對妳唯一重要的人與人之間的連繫，不就是妳內心中最為缺少，也最為渴望得到的東西嗎？」

「其實妳一直在逃避，逃避妳一直想要找到的曙光。儘管妳已遇過很多挫折，被人欺瞞過，但是妳不應該去害怕還未發掘的現實啊！就算真的受傷了，痛苦得想要哭了，這些讓妳難過的事情，終有一天會成為妳能夠笑著說出來的回憶。」

為甚麼夏暖要一直封閉自己？

所想之物，不是追逐，竟是驅逐。

「暖，妳很善良，妳的願望不單是自己被拯救，而是有能力去拯救別人。從當初我們一起越級挑戰闖關時，妳犧牲自己讓我們勝出遊戲。沒錯是一種無謀的舉動，妳亦清楚知道當時我生氣的原因。我希望妳明白，不論在甚麼情況下，我都不希望妳抱著犧牲自己成全他人的意識。因為妳太善良了，此刻的妳可以自私一點，愛撒嬌的時候就撒嬌，愛動怒時就儘管發怒吧。」

「葉韻所帶給妳的苦痛，並不是讓妳害怕交朋友，而是妳擔心自己沒法給予朋友應該給的。妳所害怕的，是自己做得不夠好，不能滿足朋友的需要，因此妳才選擇了自我犧牲。」

「我們一直都錯了，妳並不是害怕付出，妳並不是不願意付出，恰好是完完全全的相反！原來我們根本就是大錯特錯！完美的、可笑的、致命的錯誤！」

「妳害怕的——反而是自己付出得不夠。過度認真的妳，無法把過錯歸咎於別人，轉而只懂責備自己。」

「看似甚麼都不想甚麼都不做，其實暗地裏一直在為別人著想。打開江阿姨一直愧對妳的心結；夏希受妳啟發而處事變得圓滑了；心悠比以前更願意表達自己的心情……還有我，就算我是個怎樣莽撞衝動，不計後果的笨蛋，妳也一樣溫柔的對待，始終沒有一句怨言地陪著我……」

「我們並沒有拯救妳，而是被妳拯救了才對！這些全都是妳一直最渴望得到的一切，現在這些妳統統都有了，妳還敢說要放棄這個世界嗎？」

滕子謙緊握著夏暖的手，把頭伏到夏暖肩膀邊。

「暖，求求妳……快點給我清醒過來！」

宛如迷霧中滲出的一絲光芒，視覺復見眼前這個世界的輪廓。

原來，我，只是不相信自己罷了。

習慣不去倚賴任何人的強大，並不是自己真正需要、真正渴望的強大，那只是捨棄自己的內心換成強大的糖衣。

過去我一直在逃避那道拯救我的曙光，害怕自己的不成熟會傷害別人。希望自己有能力去守護別人，成為別人可以倚賴的人。但不中用又無自信的自己，漸漸地卻成為了倚賴別人的人。理想和現實的衝突，讓自己一直也沒法坦率地面對自己。身邊的人都誤會自己只是一個需要別人照顧的小孩，但其實自己真正希望得到的，是被別人需要的感覺啊！我只是不斷地不斷地貶低自己最珍視那些東西的價值，繼而自我麻醉自我滿足地以放棄自己作幌子逃避與人的連繫。

「為甚麼以前我一點都察覺不到呢？這個世界，其實並沒我想像中的壞……」夏暖緩緩地吐出了真心話，眼眶不其然湧出了淚水。

終章：眞實與虛擬

「暖，我喜歡妳，和我交往吧！」

滕子謙牽著夏暖雙手，以輕軟但堅定的聲音說。

「哎！」夏暖登時輕聲驚呼。

這是甚麼的一回事？

名義上由夏暖策畫的班會活動早前順利完結後，夏暖積聚起來結欠的功課量已經超出臨界點，害她近來每天都過著一邊清理未完成功課的同時而又眼睜睜看著新的功課不斷地在累積如同夸父追日的日子。回想起來班會活動籌備那以「虛擬相連」為主題的戲劇還真是精彩，劇目改編自夏暖與風鈴的闖關橋段，只稍微修飾了夏暖最終自我犧牲的部分，迎合活動主題帶出人們只要團結一致堅持不放棄最終就可以衝破難關的大道理。雖然自己只負責了瑣碎的雜務，但單是在台下觀賞演出仍少不免受感動。夏希的精湛演出叫人眼前一亮，舉手投足之間把牧師（唯缺）應有的莊嚴和華麗表現得淋漓盡致；心悠的魔法師（風鈴）裝扮俏麗又可愛，令同為女性的自己也禁不住臉紅心動；飾演劍客（紫千）的男同學雖然不苟言笑，但亦演繹出角色該有的沉著穩重；滕子謙巧妙運用燈光和音響的出色配合，更營造出幾可亂真的壯麗戰鬥場面，凡此種種都實在令人再三回味……

啊啊……自己究竟在亂七八糟地回想甚麼啊。今天不過就是又連續地上了一整天課人已經累過半死然後放學後接到滕子謙的來電無緣無故相約自己在家附近的公園散步，本來彼此還說著些風馬牛不相及的雜談，為何會忽然被告白了？

夏暖察覺滕子謙的目光定定的在注視著自己。

夏暖完全不敢對上他的眼神，假如刻意避開又覺得很無禮，於是眼珠不住游離，不知把焦點放哪處。

雖然看不到現在自己的表情，但敢情鐵定像個笨蛋。

「我……我沒試過這樣……」

夏暖微垂下頭，以幾乎自己也聽不到的聲線說。

「沒試過……那就是一次很好的體驗啊。」滕子謙微笑說。

夏暖心頭登時浮現出一個念頭，總覺得滕子謙的笑臉像是在取笑她肯定沒試過被告白一樣。

竟然這麼小看我。

雖然這是事實。

她並沒像商心悠那樣有這方面的經驗。

夏暖確是沒與男孩子交往過，被告白也是第一次。

「妳不回應嗎？」滕子謙問。

「對、對啊。」夏暖的思緒全然混沌一片，根本不知怎生反應。

稍微迎上滕子謙的視線。

由最初相識到今天，她和滕子謙之間發生的一切，統統掠過腦海。

眼前的他還是如平常一樣展現出那副自信笑臉。

可是，夏暖清楚感覺到，滕子謙握著自己的手，正在微微發抖。

其實他的內心也是很緊張的吧？

想到這裏，夏暖頓覺內心舒坦了不少，突如其來被告白的繃緊思緒也稍微放鬆了少許。

「好吧。」夏暖略嫌誇張地吸了一口氣。「我現在很認真的回答你……」

「咦？其實這句開場白是不需要的吧？」

這時候可否不要打斷我的話！這根本不是還有心情吐槽的氣氛啊！

「嗯……是這樣啊。」聽過夏暖的回答，滕子謙像是自言自語般的搖搖頭，鬆開了夏暖的手，繼而示意她繼續向前走。

夏暖看著滕子謙毫無表情變化的側臉說：「我……可以問一個問題嗎？」

「請說。」

「你喜歡我的甚麼地方？」

「這個嘛……」滕子謙眉頭登時緊皺起來。「我想，我需要好好思索一下……」

這問題就有那麼困難嗎！

「對了……」滕子謙亮大了眼。「有件事我一直藏在心裏沒說的。」

「是甚麼事？」

「其實我是個『馬尾控』，而暖束馬尾辮的樣子實在太可愛了！」

「馬尾有甚麼可愛？」

「暖，妳別少看馬尾的魅力啊。馬尾雖然是簡單常見的髮型，但正是因為它的普通和簡約，這才突顯了女孩子青春可愛爽朗的感覺。綁馬尾辮的位置也十分講究，才可以把頭髮束得完整而不紊亂，髮圈的大小亦會影響馬尾翹起的角度。束得緊密而上翹的高馬尾，會讓髮束與後腦勺留下一段微妙的距離，不會完全下垂至疊在頸項。紮上馬尾的時候，就算只是輕微的挪動，馬尾都會隨之搖曳，特別是走路的時候，更會隨步速和走向帶有節奏地搖擺，讓人看著看著連心也在搖蕩一樣……」

「你到底說夠了沒有？」夏暖以有生以來最冷淡的語調打斷了滕子謙的話。

「哦？原來暖不喜歡馬尾嗎？」

「你胡扯甚麼！全校大部分女生都是馬尾。」

學校規定長髮過肩的女孩子都要束馬尾辮，根本毫無特色可言。

「暖妳不是那些普通的女孩嘛，至少在我心中。」

「話是說得很好聽，可是我可不能接受這種答案。」

滕子謙現出苦笑，卻又徐徐點了點頭。

「很好啊，暖，妳已經習慣會直接表達自己的好惡。」

「你是想坦白承認剛才的答案是刻意敷衍我的嗎？」

「也許是我不太清楚該怎樣表達吧……」滕子謙不其然仰望藍天。「我想……大概是看到妳流露出心底裏那份渴望改變的真心吧……」

「唔？」夏暖不解。

「妳知道自己錯過了很多，知道自己落後了很多，很想努力彌補，但卻不被理解，因為身邊的人總是輕看妳，認定妳做不到。妳對此不憤、失落、鬱悶，就是這一點，我相信暖其實是一個堅強的人。妳只是欠缺一個改變自己的契機，只要有人在背後輕輕推妳一把，妳便可以振翅高飛。」

「我？我這樣懦弱的人，哪有像你說的……」

「對啊，暖妳是很弱，沒錯是很弱啊。」滕子謙以取笑一樣的口吻說。「可是妳願意正視這個事實，每個人都有弱點，每個人都有不行的地方，但妳沒有逃避，敢於承認失敗和懦弱。清楚自己弱點的人，才是真正強大的人。」

與過去偽裝的強大不同，明白自己的界限，表現出自己最好的部分，就能成為意志堅強的人。

曾經我也認為這個世界沒有我都無所謂，也認定不會有人需要我。但是，我想只是我沒有等待到，只是還未等待那個需要我的人出現。現在的我，雖然只是僅僅抓住了一個模糊的概念，但仍希望可循著這個方向前進，漸漸變得堅強。

這也是風鈴一直想要教曉自己的事。

雖然之前風鈴已經坦白承認，但夏暖一直也不敢面對這事實。

風鈴沒法在現實世界現身，沒法和常人一樣的生活，而且有可能隨時消失，種種特徵都指向一個殘酷的事實。

風鈴，是一個相連人。

在那天之後，夏暖一早已有心理準備，或許在某一天，風鈴也會從此消失。

但夏暖一直在逃避，不去觸及這個話題地如常過每一天。

「叮噹！」

夏暖獨自在家中做功課，門鈴這時響起。

門外站著的是氣喘連連的滕子謙。

「甚麼事了？」

滕子謙像是在自家一樣自然地拉著夏暖到房間。

「快點連上『虛擬相連』去。」

夏暖意識到是發生了甚麼事，依言登入遊戲，向風鈴發出信息。

【唯缺：鈴，妳在嗎？】

【風鈴：暖，我還在，至少目前還是。】

雖然信息欄上仍顯示著風鈴的名字，但夏暖發現，風鈴已不在其好友名單內。她嘗試使用帳號搜尋功能，亦沒法找到風鈴的角色資料。現在風鈴的情況，不就和梁德南那時一模一樣嗎？

【唯缺：鈴，妳還好嗎？】

【風鈴：雖然目前還可以如常發信息，但遊戲系統大概已逐漸把關於我的一切消除，所以妳該無法搜尋到我的角色了。】

【風鈴：不知這種狀態還能持續到何時，可能是一天，又可能就在下一秒，這個信息便沒法傳遞給妳了。】

【風鈴：雖然想著最後一定要給妳留下許多話，但是現在腦海一片空白呢。我很珍惜跟妳在一起的時間，由遇見妳開始就一直都是，因為我知道自己說不準哪一刻就要離去。餘下僅有的時間，請准許我任性地把話說完。】

夏暖垂下敲鍵盤的手，淚水奔流而下。

【風鈴：妳這個膽小鬼一定要好好照顧妳自己！我知道妳現在在哭！我也知道安慰妳也沒有用。】

【風鈴：不過，堅強如我的妳，一定可以很快振作起來的。我的消失，也代表著妳的成長。我說過要支持妳，可是並沒有答應要一直陪在妳身邊，所以就讓我這樣跟妳道別吧！我要走了喔，暖。】

【風鈴：妳現在已經有足夠陪伴著妳的好朋友了。夏希只是口硬心軟，就算生氣時也一樣，只要裝一裝可憐，她就會心軟下來了；心悠是一個愛哭鬼，她哭的時候妳要好好的陪在她身邊，只要願意陪著她一起哭，很快她便會沒事，甚至會反過來安慰妳。妳們的內心並非懦弱，只是愛在朋友面前撒嬌而已，就算是哭過後也能自己好好面對事情的。】

夏暖以顫抖的十指逐鍵逐鍵地輸入文字，內心縱有無盡想要傾吐的不捨之情，但卻化不成片言隻語。

【唯缺：鈴，我真的不想與妳分離。】

【風鈴：如果想我想到睡不著，乾脆再開創一個跟我一模一樣的角色怎麼樣？】

無法抑制的眼淚滴到了夏暖鍵盤上的雙手，她開啟了另一個遊戲視窗去開創新角色，角色名字、五官特徵、武器是魔法杖、服裝是連身魔法服，全都設計成跟風鈴一模一樣。她想藉此把風鈴保留下來，讓這個世界繼續留有一點點風鈴存在過的痕跡。

【風鈴：我不知道該如何解釋，但其實我本來就不是處身於現在妳所在的空間，因此我是不需要跟妳說再見的，原因就留待妳自己推敲好了。】

「那、那是甚麼意思？」

「其實我也隱約猜到了，只是不願意承認，也不希望這是真的，因為這實在太令人傷感了。」滕子謙淒然的不住搖頭。

事實上夏暖所遇上的風鈴，根本不是和她處於同一個世界的人。

「暖，其實妳也應該猜到風鈴的真正身分吧？」

風鈴除了是相連人之外，另一個更驚人的事實。

「說起來，風鈴和妳太相像了。就算是彼此同心、怎樣要好的朋友，都沒法子洞悉妳每一刻的情緒變化，不可能了解妳每一種喜好。但風鈴卻做到了，而且不單是只有在遊戲世界內，以一個可交心的朋友形式守護妳，還可以從旁教導我怎樣和妳相處。」

夏暖應該也察覺到的。

風鈴是怎樣知道自己和紫千是同班同學呢？夏暖和風鈴雖然無所不談，但有關自己的居所、就讀學校等，她大概不會刻意提及，也沒印象曾向風鈴透露。因此風鈴就算早在她之前已認識滕子謙，也不會知道彼此是同班同學。

曾經沒有珍惜過自己喜歡的人，風鈴這樣描述著那個溫柔的好人時，說的根本就是滕子謙。

為甚麼風鈴會知悉所有事情、為甚麼會來到我身邊、為甚麼會如此了解我、為甚麼會說她的消失是我的成長……這些原來都是因為……由始至終，風鈴都是最貼近我的存在啊……

「說起來，『風鈴』這個名字，對暖的意義，妳應該是再清楚不過了。」

風鈴，在夏暖小時候孤單無助時，唯一讓自己靜下心來的東西。

風鈴不是了解夏暖，而是風鈴根本就是夏暖。

最了解自己的人，永遠就只有自己。

能夠拯救自己的人，最終也只有自己。

「就算風鈴不在，也還有我呢。」滕子謙打趣地安慰說。

「不過，此刻的我，還是想讓自己需要風鈴多一點。」

「這就是你拒絕我的真正原因嗎？」滕子謙側頭睨著她。

「你這麼明白地說出口，不會害羞嗎？」

「把我甩了的人如今意氣風發了，開始囂張了嗎？」滕子謙撇撇嘴，不服氣的說。

「怎麼了？我只是……」夏暖試圖分辯。

「暖，不用說了，我明白的。不只是妳，風鈴對我來說，也是一樣重要的。而且，這就證明暖妳終於找到自己真正寶貴的東西了。」滕子謙亮出微笑。「暖，我有信心，也相信風鈴也是一樣的相信著妳，經歷過這些事情，妳會開始變得成熟和堅強。」

「幹甚麼了，當我不再依賴你，你會有點失落嗎？不要一味說著要拯救，待人家自立了才捨不得啊。」

「就算會寂寞，也是快樂佔的比重較大，妳是應當要漸漸變得這樣成熟堅強才對的。」滕子謙仰望窗外。「不論是之前，還是現在，暖的心情都比我重要。」

「你究竟要有多看重我啊！」夏暖微撇過頭。「你也要愛自己一點。」

假如自己接受了滕子謙的話，往後只會重複過去不斷地依賴他的日子。這樣子的自己雖然會很幸福，但卻會有種與風鈴愈走愈遠的感覺。

風鈴以她的方式守護自己，給予自己最寶貴的支持。此刻的夏暖，還想把風鈴保守在心內的第一位置，讓消失了的她繼續守護自己，並兌現與她的承諾。

雖然我現在還是滕子謙口中那又弱小又沒用的夏暖，但我會漸漸變得堅強的了。

夏暖繼續閱讀風鈴斷斷續續發送來的最後信息。

【風鈴：暖，我很高興可以遇上妳。妳讓我明白，只要肯用心付出，人是可以選擇自己的「好結局」。在另一個世界裏沒做到的我，自己選擇了「壞結局」的我，還可以這樣幫助到妳，我已經心滿意足了。】

【風鈴：妳讓我明白，只要不放棄，人生可以擁有無限的可能性。】

【風鈴：我能遇上妳這個小小的奇蹟，希望能成為妳將來好好活下去的勇氣。】

【風鈴：要幸福啊！暖。】

「暖，要記得說再見的啊……」滕子謙在旁輕拍她。「就算風鈴會不會聽見也好，既然是重要的人，道別時便一定要說再見。」

「也是呢……」

夏暖緩緩鍵入信息。

【唯缺：再見了！鈴。】

說再見，就是期待有日能再次見面的祈願。再見和再會，交織著人與人之間的連繫。穿越虛擬與真實，跨過時間與空間，夏暖和風鈴同心的牽繫，締造了今天這個世界的夏暖。

夏暖眼怔怔看著風鈴最後留下的信息，雙眼不住流下淚。

滕子謙輕撫一下夏暖的臉頰，拭去她眼角的淚水。

夏暖現在終於知道了，風鈴的真實身分……

轉章：結束與重啓

哎呀，又輸掉了。

要結束遊戲？還是原地復活？

夏暖看看時鐘，確實是個該結束遊戲的半夜時分，可是思前想後，她還是選擇了原地復活。

最近的課業愈來愈忙，她玩遊戲的時間也漸漸變少了。

還有一個更重要的原因，就是風鈴已經不在「虛擬相連」內。

自那天之後，風鈴便消失了。

最初的日子，夏暖還是會每天登入至虛擬相連，嘗試搜尋風鈴的帳號，期望某一天她會回來。

可是，不管是她，還是滕子謙，其實也心知肚明。

成為相連人的風鈴，和遊戲角色死掉了可以隨時復活不同，一旦消失了之後是無法復見的。

她只不過是刻意不去相信這個自己一直知道的現實而已。

除了過去使用的「唯缺」之外，她偶然也會使用自己開創的「風鈴」角色闖關。明明自己玩遊戲的時間已經不多了，還要同時修煉兩個角色，也難怪升級進度會比其他同期玩家落後。

不過，她還是無法捨棄這個遊戲，這個曾經令她遇上風鈴的所在。

角色復活之後，夏暖操作角色回到遊戲的中央城鎮，補給一些道具和物資，以便執行下一次任務。正在大街上逛著，遊戲介面忽然冒出了一個新的私人信息欄。

發信人的名字，竟然是夏暖朝思暮想的那個她。

【風鈴：唯缺，妳好。】

夏暖頓覺鼻子一酸，似是有淚水倏地湧至眼眶，眼睛朦朧之間但仍不放慢雙手急不及待的回應。

【唯缺：鈴，是妳嗎？我一直都在等妳，天天都在期待妳會回來，妳真的回來了嗎？】

【風鈴：抱歉啊，我是妳認識的人嗎？】

夏暖這才查看角色的帳號名稱，確實與過去的風鈴不同。角色名稱可以重複，但登入帳號名稱卻是獨一無二的。說到底風鈴並非罕見的名字，只是夏暖一時讓心頭的狂喜衝昏頭腦，才不加思索地把對方誤認為風鈴。再者，如果對方是風鈴，根本就不會以角色名字稱呼自己吧。

【唯缺：抱歉，我把妳錯認為我一個朋友了。】

【風鈴：不要緊，是我沒說清楚就向妳搭話，害妳誤會了。】

【唯缺：初次見面，妳好，有興趣加入我的公會嗎？】

通常在遊戲中與其他玩家搭話，大抵都是想找同伴闖關或加入公會。

【風鈴：不，我已有所屬的公會了。】

【風鈴：只不過是看妳的角色名字很似曾相識，而且帶有莫名的親切感，所以才冒昧地找妳聊天。】

【唯缺：原來如此，或許妳曾經有其他朋友也有用過這名字呢。】

【風鈴：不，不是這種感覺。】

對方卻直率地表示否定。

【風鈴：準確來說，是有種曾經我也想出了這個名字，但後來沒有使用的感覺，很奇怪吧？】

【唯缺：唔……我不知道。】

說老實話，是挺奇怪的，只是夏暖出於禮貌無意直言。

【風鈴：妳使用唯缺這個名字，背後有甚麼含義的嗎？】

【唯缺：唔……其實沒有，只是靈機一觸想出來的。雖然有個朋友曾經為這個名字作解讀，但我也不知道那是否真的反映我的心理。】

【風鈴：聽來很有趣，妳的朋友是怎樣解釋的？】

【唯缺：說起來有點難為情呢。那個朋友說，這個名字拆解出來的意義是「唯一與缺少」，表達的是我的心願，說我希望成為別人眼中唯一亦不可缺少的人。】

這種自我意識過剩的解構，還真只有滕子謙才想得出來。

雖然夏暖無法否定，但若坦率地認同又過於難為情了。

【風鈴：在妳那個朋友眼中，妳該是個很重視朋友很親切的人吧。】

【唯缺：我覺得自己並沒那麼好，只是被那傢伙神化了。】

【風鈴：哈哈，我也認識一個會這樣把自己的想法套諸他人身上的自以為是傢伙，雖然是個很好的人，但有時還真是受不了他。】

原來這世上也有著和滕子謙相似的怪人。

【風鈴：不過，我很喜歡「唯一與缺少」這個解讀，感覺很棒。謝謝妳不介意告訴我這些。】

不，換了是一般初相識的陌生玩家，夏暖根本不會跟對方聊那麼久，只是對方恰好又叫風鈴，才令她不其然地不想終止談話。

【風鈴：也許，如果我當初真的想出了這個名字，背後真

的會有這樣的一個心願吧。】

【唯缺：那麼，妳又為何會以風鈴為名呢？】

【風鈴：我很喜歡風鈴的鈴聲，清脆淡然，鏗鏘悠揚，聽著聽著就好像可以驅走一切煩悶不快。我家中就有一串風鈴，在我很小的時候就用到現在的了。】

對方對風鈴的感受與夏暖不謀而合。

【唯缺：嗯，我也很喜歡聽風鈴的聲音。】

【風鈴：原來我們的喜好還挺接近的。我加入虛擬相連不久，有沒有甚麼需要特別注意的事情？】

【唯缺：沒甚麼特別啦，充其量就是不要太沉迷遊戲，別變成相連人就行啦。】夏暖打趣地回覆。

【風鈴：「相連人」？那是甚麼來的？】

意外地對方竟然這樣回應。

【唯缺：妳沒聽說過？】

【風鈴：沒聽說過啊，按妳所說，是指沉迷「虛擬相連」遊戲的玩家就叫做相連人嗎？】

那是不可能的吧？就算沒玩過遊戲，只要稍微了解時事，都一定聽聞過相連人。再者自從相連人的案例漸受傳媒注視，遊戲開發商縱使不承認遊戲與此有關，但也不得不屈服地在遊戲裝置包裝上加入警告字句，提醒玩家切勿沉迷遊戲。因此，一個虛擬相連的遊戲玩家，對相連人之事茫然不知的可能性幾近是零。

除非……

夏暖早經歷過種種與虛擬相連有關的光陸怪離事情，假如把一切綜合起來，所指出的可能性是……

對方，也許和自己並非身處同一個「世界」？

【唯缺：不好意思，雖然這樣有點唐突，也很失禮……】

夏暖心頭忽地冒出了一個連自己也會訝然的假設。

【風鈴：怎麼了？】

【唯缺：可以告訴我妳的本名嗎？】

【風鈴：唔……】

對方稍作遲疑，這也是情有可原的。

【風鈴：其實亦無不可的。】

但轉瞬間便顯得爽直地答應。

【風鈴：**我的本名叫夏暖**。】

夏暖一怔，一時間不敢相信自己的眼睛。

【風鈴：冬暖夏涼，中間二字反轉過來的「夏暖」，很古怪的命名方式吧？】

夏暖清楚記得，自己初中時期亦時常採用這種自我介紹方式。

早前與自己道別的風鈴，是與她相隔於另一個不同世界的夏暖。那個夏暖後來成為了相連人，再藉著虛擬相連為媒介，以風鈴之名來到自己身邊。也多得她的支持和鼓勵，自己才沒有因傷心失意而變成相連人。

而眼前這個和自己聯繫中的風鈴，則是位於第三個不同世界的夏暖，只不過在她的世界中，看來尚未有相連人出現。

夏暖，作為知曉一切真實的自己，妳應該做的是甚麼呢？

夏暖閉目深思，過去與風鈴種種的回憶泛上心頭。

雖然說不準將來會發生甚麼事，但她認為，眼下應當做的事情毋庸置疑。

【唯缺：我覺得和妳也挺投契的，可以跟妳交朋友嗎？】

說著夏暖已率先把對方的帳號加入好友名單。

【風鈴：當然可以，也不知是甚麼原因，我也覺得妳帶給我一種無以名之的親切感，就像認識了很久一樣。】

【唯缺：那麼，可以叫妳做暖嗎？】

【風鈴：可以啊，不如妳也告訴我本名好嗎？】

夏暖愣了半晌，如果這時候自己說要保密本名根本說不過去，但又更不可能透露實情。她稍微遲疑了一會，決定起個化名。

【唯缺：我叫余倩，妳就叫我倩好了。】

【風鈴：很高興認識妳，倩。】

【唯缺：請多多指教，暖。】

（全文完）

要青春62　PG2364

要有光 FIAT LUX

虛擬相連：縈繞虛實的牽絆

作　　者　千藤紫
封面插畫　大小步
責任編輯　喬齊安
圖文排版　楊家齊
封面完稿　王嵩賀

出版策劃　要有光
發 行 人　宋政坤
法律顧問　毛國樑　律師
印製發行　秀威資訊科技股份有限公司
114台北市內湖區瑞光路76巷65號1樓
電話：+886-2-2796-3638　傳真：+886-2-2796-1377
http://www.showwe.com.tw
劃撥帳號　19563868　戶名：秀威資訊科技股份有限公司
讀者服務信箱：service@showwe.com.tw
展售門市　國家書店（松江門市）
104台北市中山區松江路209號1樓
電話：+886-2-2518-0207　傳真：+886-2-2518-0778
網路訂購　秀威網路書店：https://store.showwe.tw
國家網路書店：https://www.govbooks.com.tw
總 經 銷　聯合發行股份有限公司
231新北市新店區寶橋路235巷6弄6號4F
電話：+886-2-2917-8022　傳真：+886-2-2915-6275

出版日期　2020年1月　BOD一版
定　　價　280元

Printed in Taiwan

國家圖書館出版品預行編目

虛擬相連：縈繞虛實的牽絆 / 千藤紫著. -- 一版. -- 臺北市：要有光, 2020.01
面； 公分. -- (要青春 ; 62)
BOD版
ISBN 978-986-6992-35-3(平裝)

857.7　　108020729

讀者回函卡

感謝您購買本書，為提升服務品質，請填妥以下資料，將讀者回函卡直接寄回或傳真本公司，收到您的寶貴意見後，我們會收藏記錄及檢討，謝謝！

如您需要了解本公司最新出版書目、購書優惠或企劃活動，歡迎您上網查詢或下載相關資料：http:// www.showwe.com.tw

您購買的書名：＿＿＿＿＿＿＿＿＿＿＿＿＿＿＿＿＿＿

出生日期：＿＿＿＿年＿＿＿＿月＿＿＿＿日

學歷：□高中（含）以下　□大專　□研究所（含）以上

職業：□製造業　□金融業　□資訊業　□軍警　□傳播業　□自由業

□服務業　□公務員　□教職　□學生　□家管　□其它＿＿＿

購書地點：□網路書店　□實體書店　□書展　□郵購　□贈閱　□其他

您從何得知本書的消息？

□網路書店　□實體書店　□網路搜尋　□電子報　□書訊　□雜誌

□傳播媒體　□親友推薦　□網站推薦　□部落格　□其他＿＿＿＿＿

您對本書的評價：（請填代號　1.非常滿意　2.滿意　3.尚可　4.再改進）

封面設計＿＿　版面編排＿＿　內容＿＿　文／譯筆＿＿　價格＿＿

讀完書後您覺得：

□很有收穫　□有收穫　□收穫不多　□沒收穫

對我們的建議：＿＿＿＿＿＿＿＿＿＿＿＿＿＿＿＿＿＿

＿＿＿＿＿＿＿＿＿＿＿＿＿＿＿＿＿＿＿＿＿＿＿＿

＿＿＿＿＿＿＿＿＿＿＿＿＿＿＿＿＿＿＿＿＿＿＿＿

＿＿＿＿＿＿＿＿＿＿＿＿＿＿＿＿＿＿＿＿＿＿＿＿

請貼
郵票

11466
台北市内湖區瑞光路 76 巷 65 號 1 樓
秀威資訊科技股份有限公司 收
BOD 數位出版事業部

....

（請沿線對折寄回，謝謝！）

姓　　名：＿＿＿＿＿＿＿＿＿＿　年齡：＿＿＿＿　性別：□女　□男

郵遞區號：□□□□□

地　　址：＿＿＿＿＿＿＿＿＿＿＿＿＿＿＿＿＿＿＿＿＿＿＿＿＿＿＿＿

聯絡電話：(日)＿＿＿＿＿＿＿＿＿＿＿＿　(夜)＿＿＿＿＿＿＿＿＿＿＿＿

E-mail：＿＿＿＿＿＿＿＿＿＿＿＿＿＿＿＿＿＿＿＿＿＿＿＿＿＿＿＿